黃金之翼

金鈴

www.cosmosbooks.com.hk

書　　名　黃金之翼
作　　者　金　鈴
責任編輯　王穎嫻
美術編輯　楊曉林
封面設計　郭志民
出　　版　天地圖書有限公司
香港黃竹坑道46號
新興工業大廈11樓（總寫字樓）
電話：2528 3671　傳真：2865 2609
香港灣仔莊士敦道30號地庫／1樓（門市部）
電話：2865 0708　傳真：2861 1541
印　　刷　亨泰印刷有限公司
香港柴灣利眾街德景工業大廈10字樓
電話：2896 3687　傳真：2558 1902
發　　行　香港聯合書刊物流有限公司
香港新界大埔汀麗路36號中華商務印刷大廈3字樓
電話：2150 2100　傳真：2407 3062
出版日期　2020年4月／初版

ISBN：978-988-8548-63-7

推薦序

認識金鈴，始於一個與調解有關的講座。及後見證金鈴學習調解及成為香港調解資歷評審協會合資格調解員的歷程。後來通過一次緬甸之旅，我又觀察到金鈴在旅遊與攝影方面的熱誠與才華。

專業方面，金鈴近年在全職工作上得到認同，引證她不是活在象牙塔中的隱士。文學方面，還記得某年一個風球高懸的下午，在香港會議展覽中心書展中，看到金鈴跨階層的讀者群和支持者，我不禁開始留意金鈴的作品，及其獨特的寫作風格和造詣。

熟悉金鈴的讀者，都知道她是一位非常優秀和受歡迎的旅遊文學

作家，素以極富幻想力的寫作風格，出版了四十多本作品，並得到各方讚譽。

今回金鈴離開她的「舒適區」，為讀者帶來一本創作紀實文學，以獨特的黑色幽默的手法，呈現社會上差距和紛爭。

這是一個即將虧本倒店的藥房老闆想致富翻身的故事，卻從每一句對白、每一幕細節中，發現這就是我們似曾相識的人生。易國雄逆來順受，是六七十年代默默耕耘的中青代；易師奶隨口說出的字句，怨懟和事實交錯；御宅族兒子遇上憤青少女，性格相反的兩個人在波譎雲詭中能如何自處？聽起來悲觀，卻也是對人生的體悟。為求生存，窮人不得不捨棄人格，甚至捨棄善良。結局大反轉，卻不複雜，在細細咀嚼後依然牽動人心。

金鈴捕捉一個大時代的重要時刻，讓讀者細味體悟一些不陌生的生活片段，重新思考：若自己是這個世界中的其中一個角色，又會做出甚麼樣的選擇？

通過故事把讀者帶到作者的視窗及想法，是慣常的手法。困難的是，如何作為一個中立的觀察者，通過故事而讓每一位有不同生活經驗的讀者，思考、回味和總結近日在我們身邊發生的事情呢？非常欣賞金鈴跳脫的筆觸，在描述似曾相識的事件時，沒有把個人對事情的看法強加於讀者身上。這一點，是作者的風格，修養及技巧。

保持中立，是排解爭議的重要元素，我多年來以侍奉的心推動調解，特別感受到排解爭議而保持中立的挑戰性。

看來，金鈴在她的創作道路上，又找到突破點，巧妙地通過創作

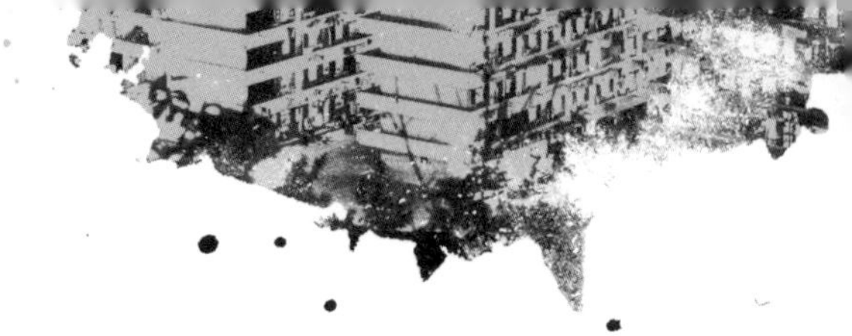

故事，捕捉我們的身影而不作批判。非常期待，金鈴的再一次成功！

姚定國ＭＨ

調解員、律師、客席教授

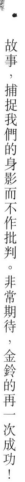

序

作為一個能夠在書店倒閉潮的當下，專注自由創作的香港作家，我第一個要感謝的人，還是讀者。你們沒有放棄閱讀，即如我從沒有放棄寫作。

我常言，無論網絡世界多麼發達，人們亦不能廢棄讀書的習慣。當你走進書店，無論是實體書店抑或網絡書店，你的眼睛便有機會接觸種種繽紛封面，氣象萬千。它們彷彿是一個個通往作者為你打造的一扇窗，通往未知世界，無盡伸延。假若你一向只讀小說，在收銀機付款前或許偶然與一本貓頭鷹百科全書相遇，於是從你打開第一頁開

始，便投入一個從未涉足的黑夜大自然。如果只靠上網而不肯閱讀，我們會因為迷戀某一個題材，在同一個搜尋器尋找重複又重複的關鍵字。片字隻語，令我們的思路變得愈趨狹隘。

寫這一本書，緣起自同一個想法。一位作家的初心，是想以文字去傳承思想，是想以筆觸去感染世界。我是一個啟蒙於文科浸潤，卻同時受着二十年理科訓練，在熱情與冷靜的狹縫間，在衝動和理智的矛盾間，生存下來的人。

我和很多人狹路相逢，想法一致，因為愛惜此地，初心不變。在土生土長的地方，時時刻刻看着一些東西在丟失、在塌陷，彷彿覺得可以伸手拉住一些，但實在是甚麼也拉不住。我們的愁，也許源自我們被洶湧的時代挾着往前走的無能為力，不知該對誰喊一聲：等等我，慢一點……沒有人等你，沒有人會等你的懷疑和惘然。這本書，因而蘊藏大量隱喻。除了地名，還包括很多具象徵性的物件和暗示。

文以載道，謝謝編輯對我的信任，謝謝天地圖書的信念，讓我字裏行間不作猶豫，與讀者並肩。

金鈴

目錄

第一章 019
第二章 031
第三章 041
第四章 053
第五章 063
第六章 075
第七章 087

第八章 099
第九章 109
第十章 121
第十一章 133
第十二章 145
第十三章 157
第十四章 169
第十五章 179
尾聲 189

你相信，世上有平行時空？

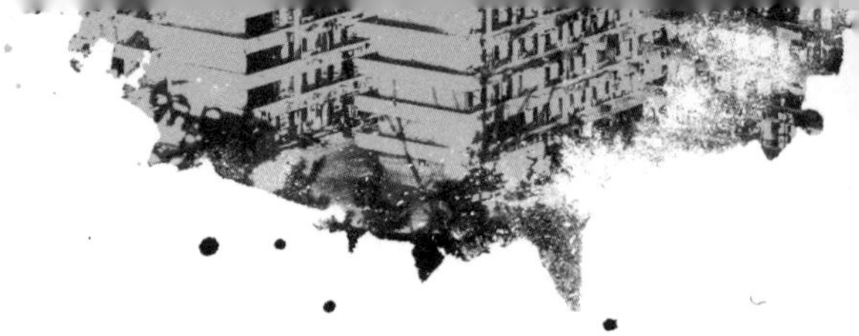

他駕駛着一輛車，光天化日，大馬路上沒另一輛車，甚至沒有一個行人，氣氛有點詭異。由於憂心忡忡，激烈思索，腦袋膨脹，頭頂上的鴨舌帽竟然緊緊地箍住了頭顱。他把帽子揪下來，看到帽圈上的邊緣沾着汗漬，散發出油膩。這油膩，有些陌生，亦有些噁心。他駕着的士，已經在馬路上行走了五個小時，居然，沒有一個搭客。失明的街燈像被搗毀了靈魂的屍骨，守着十字路口，與反光玻璃高樓對望。他感覺呼吸困難，抬起手，想捏住喉嚨。

忽然發現馬路盡處有一隻發白的小手臂想截停他的車。他的眼中升起喜悅，任由車底的彈簧吱吱地怪叫，一股腦兒衝前停在這位女生面前。她背着又大又重的背包，和身材嬌小的她毫不搭調。她飛快上車，說了一句：車站。

司機馬上開車，雙手壓着方向盤，誇張地打着方向，躲避着路面的陷坑。往右打方向時向右歪嘴角；往左打方向時他的嘴角往左歪。路面佈滿大坑，他的車速放慢。司機禁不住從倒後鏡看了一下坐在乘客座位上的她。她頭頂上的鴨舌帽把粉臉幾乎都遮掩，穿着一套黑色衫褲，黑色襯衣的領護着一段白脖子。雙眼黑裏透出閃亮，頭髮很短很粗很黑很亮。

從她短窄的額頭，他感覺自己很親近這個女生。對於一個五十歲的男人來說，這感覺有些滑稽。路越來越糟，的士像蛆一樣爬行着，終於接在了一大隊車輛的尾巴上，他鬆了腳，汽車發出低沉柔和的嗚叫。

女生在想：雲很低，像醫院裏骯髒了的棉花球。

第一章

第一章

直到現在，每次聽到滴滴答答的雨聲，易國雄仍然會想起小時候。我們的家為甚麼在養牛？屋頂怎麼能不漏水？他小時候，每到下大雨，會穿着拖鞋，坐在木屋前想着這個奇怪問題。在村口士多的電視機上看見的，是高樓大廈和車水馬龍的大街，那裏的高樓大廈大概不會漏水，那裏的兒童不是在養牛。大家住在同一城市，為甚麼和我的世界不同？半夜時分，運豬的豬籠車經過，微風送來一陣惡臭。每天他在菜田幫忙揪出雜草，忍受掌心發紅之際抬起頭時，會發現一片菜園最接近的又是另外一片菜園。

易國雄住的菜園村，在清河站以東、石湖墟以南一帶。南面有一些寮屋、工廠和養殖場，石上河沿岸有牛皮廠，附近又有豬油廠，熱帶魚養殖場，遠一點還有裁木廠。這不是一個富裕的村莊，雖然土地很多，但是政府沒有實施農業政策保護農民。隨便走進一個農家，看到的是掛在屋簷的鹹魚乾。鄉村裏常處於一種單一狀態，四季不分明的氣候，萬物無一變化，無從在生命裏留下痕跡。隨着微微起伏丘陵土地，零零散散分佈着幾十戶人家。在清晨，比人更熱鬧的，是各家各戶屋後大樹上棲息的雀鳥。麻雀鴿子成群結隊，和這村莊裏的人一樣，彼此在絕大多數時候都是靜悄悄的，各自各生活。在一大片菜園的生活，其實也是大同小異的生活。大同小異，人生落差變得很小，甚至連經歷差異也很小，也成就了大同小異的貧窮和知足。所謂的知足，是因為大多數生命形態和自己差不多，心裏找到了平衡。易國雄的父母對命運理所當然地順從，他們和村莊裏大同小異的幾十戶人的想法一樣：生有養，死有葬，是這塊土地對他們的恩賜，是貧窮日子

裏生出詩情畫意一樣的溫情。

他們不是原居民。父親全家九兄弟姐妹，在巨龍國連飯也吃不飽，陰差陽錯跟叔叔來到肥皂泡市。「這裏的米飯多白！」他常常告訴易國雄，第一餐就知道，肥皂泡市的飯是白的。他當時住在市中心獅子石道附近，機場正發展成國際機場，他跟叔叔睡街邊，做街邊小販，下雨睡密斗貨車，睡人家的樓梯級。後來，叔叔帶他來了清河，買了一間簡陋得很的鐵皮房子，開始養魚、養蠶蟲、種菜，在農田裏，肯做就有飽飯吃。在叔公簡陋的土墳前，父親曾經說：「能夠葬在這裏的土地，也是不錯。」易國雄抬起眼睛看天，眼睛瞇成縫，天空裏的光，掉到他的眼睛裏：「我不想葬在地底，我一定要葬在天空！」父親看了看他：「孩子，你只有葬在地底下的本事。」說完這句話，父親放心地繼續幹他的活。易國雄不服氣，亮出細微聲響：「我要把自己葬在天空裏，至少是靈魂。」

易國雄不相信會以這樣的樣子持續過他們的一輩子。在他十歲這一年，政府為了開發新市鎮，收回菜園村的土地，動工興建公共屋邨，並取「菜園」之諧音「彩園」將新屋邨定名為「彩園邨」，成為第一個公共屋邨。有了收地補助錢，易國雄的父親帶着一家搬到在半空上的居所。母親曾經有好一段日子不敢靠近露台，要易國雄幫忙晾曬衣物。沒有田種菜，父親去跟人學做裝修；母親接來一堆工廠半製成品回家。易國雄和媽媽，歡歡喜喜地幫忙把五彩繽紛的塑膠珠子串好，再紮成一大包一大包，賺得十元八塊，易國雄覺得比在菜田忍受雨淋日曬和被蚊子蟲子咬的日子好得多，脫貧就是靠這樣逐分錢逐分錢積

累起來的。

擺脫貧窮的希望，整個清河整個肥皂泡特區，也是如此逐分錢逐分錢積累起來。清河在一九八二年第一個公共屋邨落成之後，經過三十年發展，嶄新的高樓就這樣在菜田豬油廠魚場旁邊生出來了，生得似乎有一些突兀，但人們又似乎接受了。

易國雄每天來往市區和清河要花大半小時，他已經習慣了。乘火車一路向北，上車後，好運氣時能撈個扶手，眼見大部份人是無依無靠，任由人流的擺佈，只要能上了車，不管把自己塞在甚麼地方都行。被夾在人群中，他的手已經沒有抓扶的地方，能清晰地聽到周圍人的呼吸彷彿在輕聲抱怨——別擠。到達清河站，月台上黑壓壓的人群，立即分裂成幾團，哄湧到車門的位置，使勁往車上擠。他好不容易在人群中脱穎而出，離開車廂。步出車站，迎面而來的，又是人群。無數水貨客抱着紙皮箱、拉着行李篋，擋住視線，織起長龍，織出一幅清河印象。

回歸巨龍國二十二年，一簽多行政策，巨龍幣與肥皂泡幣匯率逆轉，加上巨龍國的黑心食品化妝品等風波，進一步刺激巨龍國居民過境購物。作為「肥皂泡特區購物第一站」的清河，首當其衝。在水貨客與清河人之間，數十雙眼睛，東張西望，不停眨動，誰主誰客？人人説這叫做清河淪陷，但易國雄沒有恨他們。相反，他其實想笑，不過，又總是笑不出來。

他讀書的成績差，中三已經輟學，在父親的朋友介紹下，在市區的西藥行做「細路」，一開始月薪只有數百元。當年的藥房賣西藥、

日用品、化妝品等。老闆跟他說，開藥房像舊棉衲，發不了達，卻不怕着涼。藥房分幾個崗位，掌櫃地位最高，然後是幫櫃，像他這樣的「細路」，只能負責搬奶粉和廁紙。後來換過幾間不同藥房，從芒角到香埗頭都有，輾轉又回到清河，在一間藥房打工。二〇〇三年初，忽然疫症來臨，人心惶惶。疫症之後，他覺得創業之前，應該先成家立室。無奈肥皂泡特區女孩矜貴，他這些沒有大學學歷，連交朋友亦不夠資格。他於是託付鄉下的堂兄，介紹結婚對象。同年娶妻生子，把她養在鄉下，自己留在肥皂泡特區。工字不出頭，上午在藥房搬貨做學徒，下班後苦抄藥名學習藥物成份與副作用，放假時找街坊補課，如此重重複複，大約兩年後，用儲了的一些積蓄，頂下了店主移民在即而低價轉手的藥房。藥房行業在這十年間因政策問題有起有落，他

留意到市區藥房甚麼都賣，他於是亦甚麼都賣。附近的主婦都是熟客，經常在附近茶樓飲早茶，順便來買點甚麼日用品才回家。他將便宜的貨品放在門口吸引人流，再想辦法在其他地方賺錢。當發現較多年青夫婦入住此區，便落力一點推廣母嬰產品；天氣乾燥，便會推廣護膚品，根據客路隨時靈活轉變，再配合優惠推廣經營口碑。他的藥房，開始愈來愈好生意。

勒緊褲頭，八年前他趁樓價稍低，湊夠一個人稱「好校網」的市區單位首期，接了鄉下的老婆和兒子來肥皂泡特區定居。時值巨龍國為刺激經濟開放自由行，藥房生意長紅，愈來愈多藥房加入競爭。石湖墟的新豐街一帶，以往只有雜貨、五金、家電和燈飾小店，現在卻是滿街是藥房。行業競爭激烈，利潤微薄，他開始扣起奶粉高價賣給

遊客，甚至運往鵬城倉庫。老婆亦開始參與水貨網絡行銷，她一手包辦，為水貨客打點整個螞蟻搬家式的流程。每天看着駛往羅湖方向的火車上，是一箱箱貨，她會笑出來。本來是為這個北部市鎮居民提供日常生活必需品的小商場，為滿足跨境消費者，最近迎進不搭調的金舖和名牌店。她忙完一天工作，用「老闆娘」的身份去逛逛街，才自覺不枉當日嫁給這個比自己大二十年的肥皂泡特區男人。

生意好到不得了，易國雄要用大桶來收錢，但只是表面風光。生意好，業主自然加租。他每次回家看見買了一大袋名牌手袋的老婆，總會說：「做死夥計，恨死隔籬，笑死業主。」手停口停，他本想年終無休。但肥皂泡特區人的面子比銀紙還重要，有些日子不放假也不行，會被同行和供應商小看。易國雄書是唸得少，但現在出出入入清河，人前人後都叫他「易老闆」，他心裏總是一陣興奮：他不再是從前那個「鄉下仔」了。原來，默默耕耘，是可以成功的。每逢中秋節、端午節、過冬，一定要收早些，最遲也要下午兩時收舖。不然，供應商的「行街」看到，會覺得他那麼晚還不收舖，是資本不夠雄厚。以後，還怎麼賒貨給自己？

易國雄看着墟市暢旺，區內就學的孩子愈來愈多，對話已轉成普通話頻道；超級市場收銀櫃枱川流不息。他偶然也會出外用餐，但價錢居然跟市中心旺區沒差多少。電器店和連鎖個人護理店進駐，眼見職業水貨客分秒必爭轉手賺錢，老舖茶餐廳統統敵不過水貨洪流，換成一間間貨倉和一幢幢的朱古力山和面膜海。

每天黃昏，易國雄格外覺得這一切不真實。近二十間藥房林立，

全部門庭若市客似雲來；街角的士站前，永遠車水馬龍不見隊尾。此起彼落的膠紙聲，取代昔日大樹上的百鳥爭鳴；自己曾流過汗水的籃球場上有學生比試，但坐在旁邊汗流浹背的卻不是觀眾，而是坐在地上執拾零食日用品化妝品奶粉的水貨客。他們蹲在地上，身後箱子裏血紅的龍蝦冒出觸鬚左右晃動，被綁着的象拔蚌在日光下吞吐着唾液；明明被吃的是牠們，卻又像是牠們在吃人……

藥房門外，老人如常撿拾大堆大堆紙皮，推着兩車雜物，穿過。

第二章

假日的清晨，老人如常撿拾大堆大堆紙皮，推着兩車雜物，穿過。

他穿過的，是一所很大的私人屋苑。私人屋苑有五幢高樓平地立在九龍市區的中心，是高聳在半空煞白的高牆，是為了阻擋大自然的氣流的屏風，更是，為了把貧富分隔的界線。

劉小亦在這裏上門補習，已經是第六年。初上大學急需找兼職找外快，機緣巧合，有學長是中學舊生會主席，介紹了那學校的新生給她補習。雖然家住元朗，但因為地點在大學附近，方便下課後來補習，所以一直沒有停止。小亦肩頭纖小，卻有很大的承擔。畢業後本想停止，但上班的地點正好又是在附近，打算繼續補習直至他應付完肥皂泡特區中學文憑考試。

身形嬌小的小亦一走進學生的房間，就像聚光燈般照亮了角落。

她優雅地坐下來，遮住一半臉頰的短髮輕懸在耳際，配襯劉海，讓人好奇想要看清藏在髮梢後的閃亮眼睛。挺直腰板的小亦，細語柔聲地叫眼前的男生打開課本：「開始了。」小亦老師清脆地說出這三個字，很自然地令阿弈把她的關心、體貼、寬容，聯繫上一種無形力量，把一切憤怒、誤解、仇恨、冤屈、報復融化掉。在她面前，學校裏的吵鬧吼叫、斤斤計較、強詞奪理、得理不饒人，顯得多麼可笑可憐。

阿弈在初來甫到時，很喜歡肥皂泡特區。他曾經在小學徵文比賽中寫過肥皂泡特區，文章還得了全校一等獎。他喜歡維多利亞這城晚上景色漂亮，喜歡有迪士尼樂園和海洋公園。大陸的房屋比較矮，他喜歡肥皂泡特區有很多高樓大廈，很多車。而且這裏比較清潔，人們的談吐比較有禮貌，不會隨地吐痰或大聲說話。

巨龍國只學簡體字，不學繁體字，小學四年級才遷來的他，覺得很難。後來，中一遇上小亦老師，她教他方法讀寫。漸漸，他甚至覺得，繁體字更好。小亦老師也是新移民，她告訴阿弈，自己曾經用了很多時間學習和適應。中三那年持單程證，與母親由江西來與父親及讀小四的弟弟團聚。她在江西時說客家話，學普通話也得由拼音學起，原本聽不懂粵語的她，用同一方法學粵語，首先克服粵語的尾音，從唸「入實驗室攃緊急掣」怎也唸不到出來，到後來「黐線蜘蛛黐住支樹枝」都難不倒她。

小亦老師告訴阿弈：「我最大優點是面皮厚，肯問肯學。」她記得同校也有不少新移民學生，但她們在自己圈子說普通話、寫簡體字，與本地同學疏離。她認為，在這城居住一定要學好粵語，並非為了日後自己在肥皂泡特區發展，而是想保護肥皂泡特區本土文化，所以參加「普教中學生關注組」行動。阿弈一邊用手指轉筆桿，一邊問她：「作為新移民，為甚麼要保衛廣東話？」小亦老師微笑：「如果你連自己居住地用語都保護不了，你還可以保護甚麼？」

阿弈呆呆地看着她，這些事，對他來說，太遙遠了。他，連自己都保護不了。

自從升讀這間中學之後，班上少了新移民。同班同學時常欺凌他，他們不停在他耳邊用普通話講粗言穢語、撕爛他的功課。初時，他們會拉着自己的書包，不讓他走，或者把垃圾放進他的書包，甚至把他的書放進洗手間、街市坑渠、公園等。

他除了參與學校強制性的英文「補底」班外，平日放學便會馬上

回家。他明確地知道自己不愛讀書，返學只是一項「任務」，只要完成任務便好，餘下時間便用來「打機」。他玩網上遊戲是為了與人競爭，不想落後於人。因為不想被其他玩家超越自己，不用上學的時候，從中午玩至第二天早上七時才睡，下午一時起床吃飯後，又繼續玩。網上遊戲裏一切都是虛擬，例如假的名字。阿弈平時若有不如意的事，便可透過網上遊戲麻醉、欺騙別人。在網上遊戲裏，角色可以無止境升級。在虛擬世界中，他能享受成為高手的樂趣，但返回現實世界，卻無可避免地受到欺凌。

若自己在網上被打死，頓時會變得情緒底落，覺得人生很灰暗。他的母親非常緊張兒子學業，眼見作為獨子的他，終日沉迷上網打機，多次教訓，令他大為不滿。母子經常大吵，又連日冷戰。「昨天，母親問我：『為甚麼不睡覺？』我答她：『凌晨特別少人上網，那時打怪獸效率最高。』她居然一聲不響把電腦電掣拔去！」小亦老師輕輕咬一下手上的原子筆，雙眼注視着眼前的男孩，心想：他可知道，這所得到的「成就」，只是幻境，現實生活中他仍然是一無所得？

也許，不斷與人互相廝殺，久而久之，會形成歧視異己的心態。小亦老師並不知道阿弈在學校的事。而阿弈不會，也不可以在她面前表現這種懦弱，因為，他知道自己對她產生了一種特別感覺。

不善於交際的他，不懂得戴上假面具，所以當他每次和小亦老師説話時，他會面紅。有時，當她問他學校的事，他會突然變得不知所措、很多小動作，甚至會迴避她的眼神。他害怕，被她看穿自己的內心。其實，他只是想靜靜地坐在一旁守護老師。每逢假日，即使今天

是公眾假期，他都會珍惜她來補習的時刻。他偷偷地看着小亦，發現她澄澈的眼睛接上自己貪婪的目光，又會立即低下頭假裝在看功課。

到了下午一時，小亦老師正準備離開，阿弈慣性連線上網。他的眼睛在網絡上的畫面停駐，驚惶地拉住老師的手，大叫：「別走，這……到底是甚麼？」

熒幕上所見，大批人士搬鐵馬到立法會側門聚集，當中部份人戴起頭盔、拿起鐵馬及自製木板盾牌，準備趁沒有警員駐守時衝入立法會大樓，但被另一群示威者反對。有人在側門以身擋路，警告衝入立法會即觸犯暴動罪，但示威者群情洶湧，高叫「讓路」。擋路者隨後被撲倒在地上。他們用硬物撞擊立法會玻璃門，欲衝擊立法會，隨即被數名立法會議員制止，現場非常混亂，玻璃門碎裂。警方施放胡椒水劑驅趕示威者，另一批示威者將水馬等雜物堵塞政府總部門口……

「這和我昨天在網上玩的遊戲一樣，不是真實吧？」阿弈留意到自己拉住小亦老師的手，並沒有放開。他馬上抽開手，心跳頓時加速。

他幻想小亦老師帶上光明的兵器，化身成網絡遊戲中的女神。她是來自地上國王的女兒，或是被諸神選中的處女戰士。她會戴着金盔或銀盔，穿血紅色的緊身戰袍，頭上戴着以羽毛裝飾或鳥翼型的頭盔，拿着發光的矛和盾，騎小巧精悍的白馬。她騎的白馬，鬃毛間能夠落下雪花與霜露。在戰場上賜與戰死者美妙的一吻，並引領他們帶往英靈殿。她不單在陸地的戰場上挑選勇敢的戰死者，也在海上從沉沒的大船中，挑選將死的勇者。在英靈殿，她們會服侍這些戰士的靈魂……

他看一眼剛從電玩店買回來的網遊女神手辦模型，她手中這條尖硬鈦

金屬長矛，仿真度極高。他時刻幻想她會保護自己，戰無不勝。

黑夜已深，白晝將近；我們就當脫去暗昧的行為，帶上光明的兵器。小亦老師沒有注意到阿弈內心的微妙轉變。

她的腦袋裏，只是在想：示威者是暴力嗎？抑或，是為了破壞一些他們眼中代表專制管治的裝置。也許，他們攻擊的不是人，而是制度。

未來會怎麼樣？

第三章

有人小心翼翼地在微信上發訊：「我想加入做代購可以麼？」兩個小時過去後，亞珍給她發送了一行字，通過邀請，簡單溝通之後，將她拉到了她的群組裏，五十人的群裏，清一色的「代購」，亞珍則是群主。「亞珍」是她的網名，在微信名字的前綴裏還有一串「111」，這是為了能出現在通訊錄的最前端而設定，方便客戶搜索。今年是她做代購供應的第三年，她的丈夫開藥房，貨源穩定，目前亦有穩定客源，她算是穩住陣腳了。隨着國內消費力的不斷增加，愈來愈多的人瓜分「代購」這塊肥肉。「代購」自有各式各樣的客源，但不能確保貨量或價位，她有條件可以預先籌組貨物。她這樣子，屬於大代購，曾經風光一時。但隨着海外購物平台引入，也帶來了競爭，壓縮着「代購」的化妝品及奢侈品市場，而她和她的代購軍團，只能夠在日益收

窄的夾縫中求生。

十年前，她在清河的丈夫買了兩瓶「神仙水」送她，但她用不着這些高級護膚品，轉賣給鄉里，鄉里按照一比一的比例付錢給她，無意間讓她淨賺三百元巨龍幣。這讓亞珍覺得很興奮，才知道原來可以如此賺錢。移居肥皂泡特區之後，亞珍正式為代購的工作東奔西走。先是添加了很多微商的微信，進了很多群組，天天刷別人的朋友圈，學習他們的語言，以及用哪些關鍵字能夠刺激「代購」的神經。其他的「代購」，為了幾瓶眼霜幾瓶洗面奶，跑兩三個商場，花幾個小時才買齊。但在亞珍的群組，配貨都早已準備好，「代購」省了時間，足以多走幾轉，不會斤斤計較一件半件貨品價位。

走私，所以令他們做得心安理得，並非完全因為賺錢。「毒奶粉

事件」被揭發時，亞珍的兒子已經五歲，她慶幸當時有一位做藥房的丈夫，對奶粉的標準非常嚴格，國產的奶粉他根本信不過，只給她買進口奶粉。平等、自由、不受氣，是很多人成為全職代購的理由。他們是城市裏的梁山好漢，鐵骨錚錚，膽大包天，敢作敢為，武藝高強，把人從痛苦中解救出來。只要你「預約」，刀山火海都會「赴湯蹈火」。

亞珍的群組每時每刻都在聊天，有的是求貨，有的是問價，但更多時候，是互通信息。當中的暗號，更只有他們才明白。「紅燈暫停。」是海關查的很嚴，暫停帶貨；「豬肉枱攔下一批。」是X光機檢查非常嚴格，攔下了人；「分流有一男。」指關口橋上有男關員在查貨。

雖然明知犯法，但她也有底線：她絕不賣假貨。隨着網購不斷發展，貨源有真有假。有些藥房以薄利多銷手法經營，假貨應運而生。

有「代購」乾脆直接購買假貨，再以正常價格賣給客戶。面對「代購」壓價，亞珍會非常生氣地跟對方說：「如果不是假貨，怎可能比藥房入貨價還要便宜？」大部份「代購」因為對她的信任，往往願意多花十幾元來購買讓他們放心的產品。說到底，梁山好漢用仗義，抵抗這個世界的悲傷，保證質量，才是「王道」。

亞珍是一個漂亮潑辣的女人，動不動就會謾罵。她在代購界是一個厲害角色，回家也是不好纏。人人都覺得她不該每分每秒都在對易國雄嘮叨，但在他心目中，妻子是一匹可愛又執拗的小馬，勇敢大膽，桀驁不馴。私下他對妻子感激不盡，即使她可能會給自己多添麻煩、懊惱、不安，但是比順從又沒主意的女人有意思多了，他甚至樂意聽她嘮叨。因為，她確實為藥房帶來了很多生意。

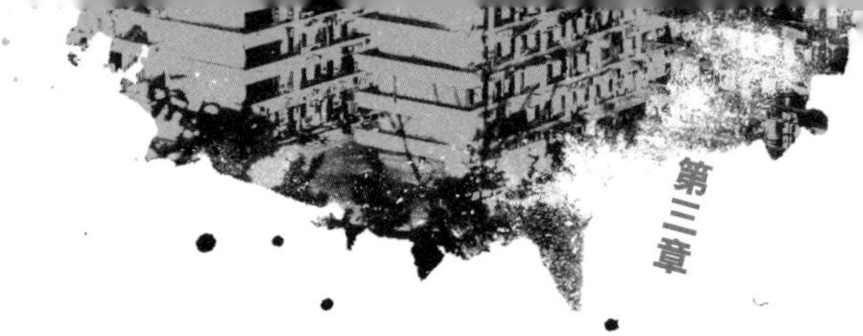

第三章

七月的下午，太陽像火球，遲遲不肯下山，沒有風，死一般的靜，耐不住高溫的煎熬，亞珍從藥房閣樓的小貨倉中逃出來，五十歲的丈夫自然在堅守店舖的生意；她說要去吃下午茶。她走進的茶餐廳，裝修超過五十年，大吊扇從近廿呎超高樓底懸垂下來，大玻璃鏡掛在牆身，鏡面還可作餐牌用，寫上食物及價錢。開放式的水吧後面是兩位穿上白色短袖襯衫的師傅，其中一位向她打招呼：「老闆娘！又是一樣？」

怎會不一樣？全店原汁原味舊時味道。老師傅用從瑞典來的舊刨冰器刨出碎冰，再放入錐形不銹鋼模內，壓出尖冰山，蓋在蓮花杯內，紅白分明的天津紅豆及花奶頂上，是人手刨製紅豆冰。亞珍讓冰凍的碎冰，沙沙的，慢慢在嘴裏融化，冰感不禁讓頭皮麻了一陣。不少人老遠到清河來，就是為了試試這種「冰山」的心涼。

亞珍這時聽見，鄰桌的夫婦一邊飲菠蘿冰，一邊談說：「你知道那事兒？在地鐵站廝殺……我看着電視新聞直播，還以為在看外國暴力電影！」接着，又有一個來買外賣牛肉通粉的大媽，在跟老師傅談「那事兒」。到亞珍離開茶餐廳，到了在交通燈前，連擦身而過的兩個大叔也在談「那事兒」。亞珍她在想，這個媽的「那事兒」，到底是甚麼？

她當然不會知道，這是打開潘朵拉盒子的一根鑰匙；也是接下來整個城市羅生門的核心。各方對事情的「真相」各執一詞，只取有利己方的表述，甚至用一個謊言覆蓋另一個謊言，是非曲直變得難以分辨，令所有人深陷泥沼。最後，它將會成為了羅生門最重要的組成部

份。當群眾對「那事兒」的認知和看法都可以存在着這麼大的差距和分歧，隨着局勢發展，各種議題各種事件的爭議性會是何種程度的一發不可收拾？

同一時間，在藥房的櫃枱，易國雄不停調整收音機頻道。聽了一整天都是報道上星期在大西北車站發生的「那事兒」。媒體上的資訊混亂化、碎片化，以至選擇性接收、斷章取義、甚至故意誤導，引致對當日事件截然不同的重現和陳述，指鹿為馬、倒果為因、偷天換日。在很多信息上，事情發生的時間順序和脈絡都被故意混淆化和模糊化。每一個「版本」，都是大不相同。

他看着在店門外站着聊天的街坊，說得眉飛色舞。但偏偏自己，聽來聽去，總覺不慍不火，不痛不癢，到底是自己對適應這個瞬息萬變的世界，一種進步，還是一種退讓？他對重重覆覆廣播的新聞開始感到煩，更煩厭自己要在思索這種莫名其妙的心理狀態。終於找到一個電台在說別的話題，似乎是每星期專門請一些大學教授來向公眾授課。主持人叫嶧峰，教授的哲學課題叫集體記憶錯誤，即曼德拉效應。

據說這名詞在九年前出現，某作者指有數千人擁有前南非總統曼德拉在一九八〇年代已經逝世的記憶。有人把這種現象扯上了平行時空的說法，一個時空中的所發生的事和相關記憶因某種原因進入了另一時空之中。部份原因是，心理學家認為，個人記憶並不可靠。記憶錯誤的原因有很多種：例如當人類確認偏見，便會扭曲記憶來說服自己。但如果集體記錯，最簡單的可能性就是多人同時受同樣的心理因素影響，以確認偏見。集體回憶的關鍵，是它要具有社會性。人的記

憶，不只是一連串資訊，而是以故事形式存在。要以印象組成具故事性的回憶，無可避免地會利用現存的社會框架。所以，我們可以集體對同一件事記錯，甚至淡忘。

易國雄平時絕對不會聽這些深澀難明的道理，但為了逃避吵耳的新聞，他才會企圖令自己聽明白曼德拉效應和甚麼平行時空。更重要是，他有預感這批以幾何級數膨脹的示威者，即將威脅自己的生計。他很想安安穩穩生活，但，看來，命運又一次給他挑戰。

手停口停，這幾年舖租翻了又翻，如果不能開舖，他連半個月租金也支持不了。他愈想愈覺得有點發毛，全身雞皮疙瘩，馬上打電話給老婆。一向不留意新聞的亞珍竟在電話裏焦急地搶着說：現在人人都說「那事兒」，會不會是有利可圖的事？

易國雄對着這位視錢財如命的老婆，啼笑皆非。轉念間，心裏一沉：這次可能出大事了。他叫她立即回來，要好好商量一件事。

第四章

第四章

他駕駛着一輛車，光天化日，大馬路上沒有另一輛車，甚至沒有一個行人，氣氛有點詭異。

司機禁不住從倒後鏡看了一下坐在乘客座位上的她。她穿着一套黑色衫褲，黑色襯衣的領護着一段白脖子。雙眼黑裏透出閃亮，頭髮很短很粗很黑很亮。路愈來愈糟，的士像蛆一樣爬行着。終於接在了一大隊車輛的尾巴上，他鬆了腳，汽車發出低沉柔和的鳴叫。

「呀——」女生在司機身後叫了一聲。「甚麼事？」司機急忙回頭瞥了一瞥這女生。「那邊有人。」她看見馬路中央一襲黑色的身影。「甚麼人？」司機左右張望。「嗯，黑衣的……」她臉色一沉。「老子不怕你。」司機猛力拍打了軚盤一下。

「也不一定是……」她本想說些甚麼，但又止住了。她累極了，慢慢把頭盔、豬嘴、反光背心和眼罩脫下來，掉在座位下方。「沒甚麼吧？」司機在倒後鏡中，看見是一張憔悴極了的臉。

上車前的景象，仍然在她的腦中盤旋。

她身穿寫着「急救」的反光衣，在十字路口的交界，蹲在地上照顧一個膝蓋已經血肉模糊的少女，少女年紀大概十五六歲，面貌清秀，沒穿黑衣，也沒戴口罩，不知給橡膠彈還是海綿彈打傷了，血流如注。她一副怯生生的樣子，雙手一直在抖。有幾個黑衣蒙面人在巷口徘徊，一班便衣忽然從外面殺進來，揮舞警棍，死命地朝黑衣人打過去。她不禁驚叫起來，身旁兩個黑衣人立即走過去想救人，但半途來了更多瘋狂地揮舞警棍的人，一個黑衣人把另一個黑衣人壓在地上，動彈不得。她正想上前幫忙，給一個踉踉蹌蹌站起來的黑衣人拉走。前線有

人跑過來大叫，但催淚彈已開始不停地射過來。槍聲響個不停，磚陣抵擋不住。她跑了四個街口，最後停在一早關了門的金行前喘氣。這時，她看見了一輛的士。

「是甚麼人？」剛才在車上看見的那黑色身影走近，是一位防暴警察。司機不期然吁一口氣，至少可以保住擋風玻璃，不怕被人一時意氣打碎。但，當看見倒後鏡中的女生，他的神經又再度繃緊。「這位護士小姐趕着往醫院上班。Sir，這是我的駕駛證。」防暴警察看一看駕駛證，沒有表情地揚揚手，放行。

在倒後鏡中有一雙疑惑的眼睛，緊緊盯着駕駛前座上方，簇新的司機證。上面斗大地寫着：易國雄。「我明明不是去醫院，你怎知道我的職業？你認識我？」司機把鴨舌帽脫下：「小亦老師。」小亦目瞪口呆地看着眼前的叔叔。

他是阿弈的父親！為甚麼？他不是藥房老闆嗎？還未等她開口，易國雄察言辨色：「我今天幫朋友替更。」

小亦替他們兒子補習多年，除了過年收到他的利是，平日很少見他。她有點不自然地找話題：「藥房由易師奶看舖嗎？」他點頭：「嗯……最近，少了生意，她一個人已經可以。我有時替夜班，有時會替週末，放工幫她開舖收舖。」

「還有一個月是中秋，過去幾年，這時候總有大批炒賣及走私月餅的大陸客，隔壁的藥房甚至『囤貨』專攻『中秋』。然而，今年不同往日，再不見大批人拖着一箱箱月餅了。」

若非老婆有固定「代購」，零零星星在藥房門外執拾貨品，他們

也會像其他藥房，門可羅雀。他們的藥房今年也開始有賣月餅，但銷情很差。

示威遊行對生意有少許影響，貨客因而不敢來這城。他老婆告訴群組：「今日無遊行」。但就算沒有遊行，他們仍然感到驚惶，覺得城市很亂，不敢來。如今街上人流急劇減少，約十間舖位已拉閘丟空。跌幅並不單單源於示威浪潮，而是受多方因素影響，包括匯率變動和通關問題等。

面對市況疲態，易國雄只能繼續守。當藥房愈開愈多，未必好事。愈來愈多人，生意自然分薄了。他深信其他舖頭開始結業，生意或有機會回升。既然全城市道都差，他就決定另闢財路幫補。他在年輕時已經有的士牌，覺得只要肯做，隨時有工開。但後來自己做了藥房東主，沒時間兼顧，沒有再駕的士。「馬死落地行。」他在妻子面前，常常說。然後，他又會再自嘲加上一句：「而且我姓易，我有翼，可以飛。」

易國雄並沒有留意，小亦沒有興趣跟他說水貨和藥房。他繼續自顧自說：「以往暑假七至八月是的士旺季，但這城遊客減少，不單令零售業受衝擊，的士生意額，尤其夜更車亦受影響。收入少了，夜更難請司機，所以有個別車主，找上我幫忙，還自動減租。正好，我可以趁這兩三個月空檔賺外快，專跑夜更和週末，幫補藥房開銷。暑假完了，學生復課，這一關便過得了。」

路面佈滿大坑，他放慢車速。「呀——」小亦在後座又叫了一聲。

「甚麼事？」易國雄急忙回頭問。

「那邊有很多人。」她看見馬路中央一堆黑色的身影。易國雄暗叫：「黑衣的……」

小亦彎身從座位下方取出頭盔、豬嘴、反光背心和眼罩。黑衣人敲了敲的士司機的窗，易國雄打開一線玻璃窗，僅僅聽到對方說話。

「前面封路，任何人都不能過去。」在面罩之下的他，聲音很稚嫩，看來是一名中學生。易國雄眼見前面一列看不見盡頭的車隊，內心涼了半截。媽的，半天才這一單生意，再排三四小時，我連車租也不夠付。

對方看一看在後座的小亦懷中的頭盔、豬嘴、反光背心和眼罩，眼中忽然亮起：「是手足？」小亦看着倒後鏡中的易國雄，見他的前額冒出豆大的汗水。她向黑衣人點點頭，微笑：「我是救護的，奉召要去前方幫忙。」

黑衣人馬上舉手：「放！」前面的人就像軍隊一般分開。易國雄難以想像這些突如其來的改變。他聳着胳膊，戰戰兢兢把車馬上駛開，怕還會生出甚麼變故。

易國雄看着倒後鏡中的她，從小亦短窄的額頭，感覺自己很親近這個女生。對於一個五十歲的男人來說，這感覺的確有些滑稽。

沒有汽車的十字路口，變得異常寬廣。平日上班下班必然經過的十字路口，若果沒有磚陣，會更寬廣嗎？這些磚陣，統統由三塊紅磚砌成，兩塊豎的一個橫的，像一道簡單的「門」。幾步一個，星羅棋佈，自十字路口的四面八方蔓延開去。

紅磚上有白鴿不停地上下跳躍，偶然啄食着一點甚麼。牠油亮雪

白的羽毛，柔軟得很不真實，和粗糙的紅磚頭截然不同。終於，牠在一扇「門」前停下來，眼睛一骨碌，審視品字形的中央開孔，這樣一道窄門，應該不會讓牠輕易通過。但見，牠把身子一縮，竟就通過了。

第五章

易國雄經過灰暗的行人隧道，看見滿滿彩色便利貼的牆，吸引了他的目光。這些東西像中學時的壁報板，他聽到擦身而過的途人，喚它作「連儂牆」。他的腦海立即浮現——究竟甚麼是連儂牆？是不是與那位在八十年代遇刺的披頭四歌手約翰．連儂有關？一班年輕人正在派發便利貼給放眼的途人，每一個人都駐足，然後生硬地駕馭很久沒有用過的原子筆，在免費得來的繽紛彩紙，寫上一字半句。

旁邊的年輕人在擴音器上疾呼：「同樣的連儂牆，是一面位於捷克布拉格修道院大廣場的牆。直至現在，不僅任何人都可以在牆上塗鴉，甚至有個不成文的規定——任何人都可以用新的內容覆蓋先前的塗鴉，以實現自由表達的理念。世界很多地方，有連儂牆；第一面牆，仍然屹立。」

易國雄看着彩色便利貼，讓枯燥的灰土色磚牆開花，他記起曾經希望區議員把城裏的水泥天橋底和殘舊隧道換裝，種上花草也好，畫上壁畫也好，反正有多點新意。但他，像很多本地居民一樣，沒有告訴政府。反正，政府知道了，又不知道要等多少個研討會之後，才會拍板動工。連儂牆上的內容大多是示威口號，但他看見最多，最多人寫的是「肥皂泡特區加油！」除了便利貼，還有不少海報，上面有各遊行集會資訊。不過，根據肥皂泡特區法例，在公共地方張貼便利貼等招貼或海報，即屬違法，最高刑罰為罰款一萬元。易國雄的腦海中，忽然閃過這念頭。

但他不敢說出來，甚至連想也不敢想。這些「連儂牆」設置的位置，逐漸成為市民發生口角，甚至打鬥的地方。大街小巷逾百幅「連

儂牆」，成了另一個無聲「戰場」。過去一個多月，除了各區爆發警民衝突，不同政見人士又在社交平台和媒體隔空對罵。戰場可謂無處不在，他稍為洩露想法，也許就會被人圍剿。

易國雄不得不承認，這城市是相當醜陋的。它外表很平靜，是一個毫無特色的地方。環觀世界，怎能想像，五光十色的大都會只見密密麻麻高樓，少見綠樹的地方，甚至，沒有風。四時更替，連體感溫度也會受冷氣所干擾；也許，只能靠掌上的手電上的網絡天氣預報才能知道季節變化。烈日烤炙着天橋，使牆壁蒙上了一層灰塵，大雨滂沱，下得馬路旁盡是水窪。地鐵站是這城的大動脈，它支撐着各區的心肝脾肺腎，每個器官，每個細胞。它並不漂亮，也不會令人驚艷，但它總是很準時，代表了一種規律，令人信任，賴以為生。從未有人想像它會受到破壞，甚至不能運作。

紀律的崩壞，令城市裏的人感到不知所措。不能上班了？不能上學了？他們卻盡力去做這些份內事，這是一種責任，也是一個理所當然。另有一些人，同樣選擇在繁忙時間，履行他們的理所當然。

「嘟嘟嘟嘟嘟嘟」，在列車將要關閉的一刹那，有兩個年輕人，擋住了要關門的列車。車上的易國雄，和其他人一樣心急如焚。在擠滿上班族的列車上，開始有人指指點點，叫他們放手。年輕人卻理直氣壯：「你們不過是為了飯碗，來，給你們銀紙！」當看見兩張一百元鈔票，如撒溪錢慢慢飄落，在幾十對怒目相向的眼睛前面是惶惑憤恨感慨悲哀，複雜又繃緊的張力蔓延於整個車廂。終於，有人回應：「這兩百元是你父母的血汗錢。」在車門旁邊的幾個男人，合力把兩

個年輕人推回月台。「嘟嘟嘟嘟嘟嘟，車門即將關閉。」廣播及時而來，車門關上。易國雄和身邊的人都鬆一口氣，奇怪的是，此間並沒有勝利的快感。車廂內不尋常的靜默，反而令剛才的張力久久不散。易國雄的腦海浮現的，竟是中學時老師教過的詩詞：相煎何太急？

回到清河藥房，幫忙開舖的易師奶說：「我覺得，我們像誤入叢林的小白兔……」易國雄看着門庭冷落的店面，昔日大排長龍等開店的場面不復見，心裏很酸。

坐在櫃枱後的易師奶把頭支在手掌上：「打工多好，你為甚麼要開舖？搞這種九死一生的事好嗎？你圖的是甚麼呢？想要人前風光？以前好生意時，很辛苦，有時清晨要去批貨；員工也不好請，常招呼不打就不來上班了。現在沒生意，一坐就一天，經營太難……」

易國雄悶悶地答：「我只是想多賺點錢、想讓家人過好一些……如果你不曾為了一件事，一天二十四小時、一週七天、一年三百六十五天，都在想都在做、醒着在想、想到睡前還在想，連做夢也還夢到，不但不感到疲累還樂在其中，你是不會明白我當初想做一個老闆的感受。」

打工了大半世，總希望做那個可以指指點點，叫下屬馬首是瞻的老闆。易國雄從出生到唸書到工作，都是社會上的最低層。作為鄉下布衣階層的他，很渴望爬上一層，就只是想試試。他自知不是贏在起跑線，無論賺多少錢，都絕不能晉身上流社會，學也學不來。他們講究的，是貴族血統，是教養，是社交圈。在衣食住行方面，上流社會最講究的是「食」與「住」，最不講究的是「衣」與「行」。像他三

更窮五更富之流，老婆最多是把大量金錢花在光鮮的衣裝和手袋。所以，實際上，對於易國雄而言，他能追求的，只是「富裕階層」。

如今，沒有了代購貨客，又少了外出消費者；加上大批日用品化妝品，把藥房的通道都塞滿了，他明白易師奶為何埋怨。這時，有中年漢戴着鴨舌帽，垂下臉走進來：「嗯，有沒有……」易師奶一臉惶惑：「想買甚麼？你說話清楚一點。」「嗯，有沒有口罩？」「有。」易師奶隨手遞給他一盒。「五十元。」那人走了，又來另一位斯斯文文的男士：「有沒有口罩？」易師奶順手拈來一盒。

他走了之後，易國雄拉拉老婆的衣袖：「你看見嗎？」易師奶眼睛一溜：「口罩！」「奇怪，他們為甚麼不是買豬嘴口罩？」易師奶臉上出現從未有的認真，頭頭是道說：「看外表，他們不像是前線的年輕人，沒必要買重裝備；如果是參與遊行的市民，只要買輕裝的來傍身即可。」易國雄嘆一口氣，問：「你看這亂局還持續多久？」易師奶耍手：「快完了，我清楚國家，怎容得下亂作一團？」易國雄點頭：「我同意，不過，並非因為巨龍國。我最清楚肥皂泡特區人：三分鐘熱度，一刻便退燒。」這是一個沒有耐性的城市，流行的東西，捱不了一季。

「既無遠慮，不如放手一博。」易國雄眼中流露出希望，當他聽到櫃枱上的舊式收音機，傳來電台廣播：今天示威者共十萬……他馬上打了一個電話給代理商，買了一千盒口罩。在八月爭論不休的蟬鳴聲中，他的思緒隨着懨懨烈日放飛，想像來來往往的街坊街里，每人一盒口罩。他的嘴角，笑了。

午飯之後，他如常在閣樓的貨倉小睡，不小心推翻了一個小紙箱，箱內都是為囤積居奇而預訂了月餅券。一張張花俏俗麗，印刷精美的月餅券散落一地，他逐張拾起感覺輕佻得不實在，還是兒時的月餅盒好，重甸甸的生鐵盒放了四個大月餅，圓圓滿滿。

五時出市區，剛好接上了的士夜更。他駕駛着的士，駛向夜色盡頭。炎夏的晚上，的士豎起紅得發亮的「空車咪錶牌」，在大馬路上飛馳。

從前，易國雄通常在香埗街和芒角兜客，這些地區到午夜仍然很熱鬧。廟街夜市的大牌坊下攤檔逐漸減少，但另一段街頭仍是華燈映照，行人道上擺放可摺疊的桌子，吃夜宵的、買醉買樂的、尋花問柳的，是熒光燈下影紅人臉。如今，整條街都是冷冷落落，出奇地安靜，只有在天橋底下，一群紅色的士顯得格外熱鬧。他不敢相信，這片死寂的街角，是曾經黃金偏地五光十色的特區……藥房生意再是如此，即使不做老闆，他這年紀還有甚麼人會聘請？房貸的供款龐大，他的銀行存款所餘無幾。

剛剛的街頭衝突把這些司機都嚇怕了，易國雄卻衝過殘餘的催淚煙和星火，一股作氣來到醫院。今夜，一位女乘客又再次預約了他。有一頭及腰的直長髮，穿着深色西服的她，筋疲力盡爬上他的車，閉着眼睛沒有說一句話。

第六章

第六章

開學日，微雨，阿弈在父親的的士上，一言不發。易國雄跟他說：「我小時候開學，媽媽要我把葱和唐芹放在書包內，寓意『聰明』和『勤力』，濃烈菜味令我成為同學的笑柄。」阿弈在司機座旁邊，仍然一言不發。和小時候種菜的父親不同，唐芹和其他菜有甚麼分別，他根本不知道，亦不想知道。他對這個世界，彷彿很知道，又彷彿很不知道。其中一種不知道，是不知道從甚麼時候開始，自己和父親愈來愈少交談。

今天是開學日，但取消了開學禮。阿弈不知道這是甚麼原因，腦海中只顧想：想到要開始上物理課，真的會死掉，睡死。生物直接炸裂，數學只會寫一半，化學忘得光光，地理科的坐標到底是甚麼鬼？如果可以不用背中文，便會更好……

這時，的士在距離學校一條街的地方停了。大堆汽車把馬路塞滿，響號。易國雄定睛一看：又有堵路嗎？但定睛一看，並沒有。一條人龍蜿蜒地鋪在馬路上，在校門外圍牆外聚集着，沿牛津道、何東道、喇沙道及界限街築成人鏈，幾百名校友和學生高叫口號。大部份校友身穿黑色上衣，亦有人穿着西裝；戴上黑色口罩。他這時才知道，車輛響號是在支持。

易國雄看見學校的老師站於門外觀察行動，但未有任何阻撓。反正車龍寸步不移，他把車停下來，不顧後方車輛抗議，帶着阿弈下車，越過向學生打氣的圍觀市民，在旁若無人的叫喊聲中，護送兒子到校門。有老師看見他們，一邊指示家長停步，一邊呼籲回校的學生盡快進入校園。易國雄回頭，跑回馬路中央一動不動的車上。

阿弈一直垂下臉，生怕被同學看見父子倆，怕他們又多了一個取笑自己的名目：十六歲的裙腳仔。他的視線，因此停在一位又一位同學們的腰間。在校園裏牽手，是天大一件事情。忽爾今夏，年輕男女臉紅心跳地犯着小禁忌，拉起「人鏈」。有些決不拖手的，為免肌膚之親，竟拿不同物品相連，如筆、傘或紙巾等等。

然後，他忽然看見一雙白皙的小手，手上有一條他熟悉的銀手鏈。這條手鏈上有噹啷，每每當她雙手在他面前揮動時，都會響起清脆的聲音，令他不期然的心動和臉紅。

如今，這隻手緊緊握着另一隻黑黝的手，彷彿在年歲中忽然成熟的他，瞬間萌生了想加入他們的念頭；只希望這隻拖着她的手，能換成是自己的手。

他膽顫心驚，又戰戰兢兢抬起臉。眼前的小亦，止住了叫口號，半秒間露出親切的笑容，向他說：「一起？」為了一件事或一種信念，義無反顧地向前衝，衝動也衝動得可愛。當他正想加入之際，視線凝固在她身旁男生的臉上，想邁前的腳步懸在半空。他記得他，叫江子翊，是校友會主席，也是小亦的大學學長。正是他，介紹小亦做自己的補習老師。

江子翊在小亦頭頂上敲了一記：「專心叫口號。」他冷眼看向遠方，無視阿弈的存在，向着天空聲嘶力竭。阿弈思緒的泡沫瞬間破碎，他轉身走向校園，回頭見的是小亦看着江子翊的笑靨，清純得可以救贖世界，卻又令他心裏很痛。

下雨，鞋子濕濕襪子濕濕腳也濕濕。

在阿弈身後的教員室裏，古雁懌老師打開一個陌生寄件人的電郵，內有一個名為校內活動籌備懶人包的郵件。懶人包首段：「首先你要問自己五個問題：想做甚麼？要做甚麼？夠不夠『薑』？為何要做？想玩幾大？」第二段：「你需要甚麼？答案是時間，勇氣，耐力，厚面皮，朋友。」

當看見下款為肥皂泡特區學生罷課聯盟時，她嚇一跳，四周張望，生怕被同事發現。古老師再讀下去，她發現，這是一本任務指南，任務分三個等級，並詳列要點及方式。例如，要有人做專職文宣，自己製圖，又要轉載各消息至實時關注組平台，並呼籲同學參與校外校內活動。另外，詳述如何做連儂牆、如何收集更多聯署、如何出聲明譴責校方、召集義士和喚醒同學等等。再者，從談判角度、談判技巧、罷課流程、就連如何回應老師提問等等，都鉅細無遺，還附上校內活動建議書文案。

古老師一邊讀，一邊心寒。這些東西，有點像荷里活電影中的西方戰略文件。到底是誰電郵給她？用意何在？直至她讀到電郵中最後一句：必須要找到一個支持活動的老師，裏應外合。她頓時明白，為甚麼會收到這封電郵。在她的學生心目中，她是可信的。

這幾天，有人呼籲「學校遠離政治」，輿論劍鋒甚至指向一眾教育工作者的心臟，老師一言一行，備受空前注目。然而，當人人說「政治」已滲透每個人的骨髓，古老師的想法其實截然不同。這兩個月暑假，古老師度過了一個前所未有如斯漫長的日與夜。烽煙四起，示威集會成為日常，她和不少同事，都有去示威的衝突現場，尋找學生；

甚至二十四小時「候命」，只為了解同學的看法和感受。當收到學生求助電話，表現出傷心、氣憤、焦慮，她亦開始焦慮。她有時候會失眠、半夜起床會留意電話了解事態發展，怕再有學生被捕。她知道他們對世界感到失望、乏力，彼此身心疲累。但，她比他們還有多一重苦惱：「暴動罪最高可判監十年，學生前途會如何？」她害怕在電視直播上看見熟悉的臉孔，更怕他們被扣上手銬或帶上警車。開學日，她總是希望他們能安全回到學校。

開學第一課，剛把一堆表格擱在教師桌上，學生問：「老師，你是『黃』還是『藍』？」全班一起而哄，古老師感受到如狼似虎的目光公審自己，心中猶豫：是答還是不答？「你們這實在叫人害怕。」她淡淡的回答，內心卻是滿腔憤怒：是不是每個人都要站邊的呢？

古老師深信，自己一直在教學生理性思考。當善惡的分水嶺被政治的渾水分解得模糊，有誰知道淺灘之下，是浮沙還是暗流？很多很多問號在這三個月不斷累積，古老師心裏有許許多多的衝動，包括想駁斥大眾對教育制度的窮追猛打，也包括質疑自己還可否遠離政治。理性討論和立場兼容，首先要讓學生擁有多硬知識而非軟實力。她喜歡教歷史。她想學生知道，每個政權的輪替，自有其存亡興衰的理由。

此刻的她，面對學生，居然害怕得連德國哲學家尼采的名言都不敢教。「沒有真相，只有詮釋。」她似乎看到這個世界已經失去了「真相」，剩下的都是觀點與角度。所有的一切都被影像拍攝者，或是分享者詮釋過了。人們看到的很多東西，即便不是「假新聞」，也是不完整。

當下，當一切都變得虛幻和模糊，她只想隨心而行。她真正掛心的是，只是長假期後，班上是否齊人。記得，那天她在黎明時，在床榻上收到學生報告平安。學生對她說：「這或許是一場從一開始就不會贏的運動。」然而，他們仍然用武力抗爭。古老師不明白地問：「為甚麼繼續？」他回答：「被捕亦沒所謂，我們看不見前景，讀書沒有用。」

這件事，令她非常糾結。

她曾經去國內貴州山區學校扶貧和家訪，她一個城市人，在田埂的泥墩上寸步難行。怕跌一跤會痛，又怕一身泥濘會髒。那裏的學生，卻是每天攀山涉水，一來一回接近兩小時。為的，是上學。她以為，他們必定是為了將來改善生活才去上學，但在不同鄉村的每一個窮孩兒的口中的答案幾乎同出一轍，令她動容，甚至羞愧。他們不辭勞苦求學，只因一個理由：學懂知識，令人快樂。這，正是讀書的初心。

讀書沒有用？為甚麼要有用？

第七章

第七章

今夜，同樣是穿着深色西服的她，晃着一頭及腰的直長髮，上了他的車後，閉着眼睛沒說一句話。

五小時前，易國雄離開舖面之際，又收到這位女乘客的預約，嘴角掀動了一下似有還無的笑容。他的老婆看見他這微妙的反應，裝作漫不經心地問：「誰？」他隨便回答一句：「沒甚麼，有客人預約。」已經連續很多天，他的電話在同一時間響了一下，彷彿揪了她的心臟一下。

「路邊野花不要採。」老婆在嘀咕。花心是男人的天性，她的同鄉最近面對花心的丈夫，不知何去何從，苦不堪言。她告訴易國雄：「如果換了自己，絕不呼天搶地要生要死，而是找私家偵探社收集丈夫出軌的所有證據。過了一週，他自會收到一張法院傳票。到時，她會起訴他要離婚，家產盡歸老婆。」易國雄聽得驚心動魄：幸好自己沒有出軌，已經半百的他，何堪打回原形，一貧如洗，欠人一屁股債？現在的他，已經心煩得自顧不暇。他揮揮手：「這陣子你是閒慌了？胡說八道！」轉身便離開。易師奶看着他的背影，她個性硬嘴巴硬，心裏卻是粉團綿又軟。

易國雄一邊駕車，一邊看見行車路上幾個黑影在街燈下的迷霧裏飄遊，他們在焚燒垃圾，像碎玻璃一樣的光芒時隱時現。「他們一連五天堵塞主要道路，罷課、罷工、罷市。你醫院的工作有沒有受到影響？」穿着深色西服的她，聽司機這麼說，張開眼睛。因為堵路造成交通受阻，放工很難找的士，她才會在一個月前開始預約同一位司機。

「嗯……過去兩天有二十宗預約手術需要取消，亦有五名需要洗

腎的病人未能抵達醫院進行洗腎。」醫院原有三條車路可通往各座，但現時路面遍佈磚頭，車輛只能靠主道出入口，惟白天出入醫院人員眾多，加上藥物、物資、被服、食物及其他補給頻繁，馬路被堵塞，因而對求診人士、病人、醫生、員工，以至物流供應均造成嚴重影響。

「今天，有同事要徒步到安全地方，再轉乘其他交通工具前往紅十字會血庫取血。」女乘客說自己是護理經理，每天為病人和同事感到膽戰心驚：「這城人煙稠密，不適合當戰場。基於醫院運作需要，醫院需儲存易燃物品，院長擔憂情況一旦惡化，附近可能會出現的衝突及火警，導致更嚴重的災難。醫院裏大部份病人不便於行，如果有災難發生，性命會受到威脅。」

「做主管不容易吧，有人罷工嗎？」易國雄問。她點頭：「有。

她很有道義，不是曠工，而是向我申請在星期五的假期。既然她沒有詐騙病假，我亦假裝不知道她放假的目的。不過，她週末過後回來上班，我見她的右腿受傷包紮了繃帶，她仍強忍痛楚，帶着微笑回來工作。」易國雄在倒後鏡中看見的她，眼中晶瑩的玻璃無聲的破碎，如凋零的花瓣散落地面。

「你反對他們抗爭？」易國雄小心翼翼問。女人一怔：「你如此一問，也就變成只有預設立場，不顧事實真相。」女人淡淡說。「法國大革命摧毀所有的制度和秩序，而自由是與美德及秩序相依存的。自由不僅與秩序和美德共存，而且與秩序和美德共亡。」

易國雄聽得一頭霧水。自七月之後，他從來不問乘客這個問題。對他來說，太冒險。他不過是一個旁觀者，在這城不卑不亢生活了

五十年，求的不過是安樂。看來，他真的是問錯了，聽了女乘客的答案，卻不明白。

女人見他沉默，又說：「我在醫療機構工作，風險管理第一條：絕不假設。每一件事情，都應該以真相先行，而非因立場而揣測。我們相信制度，正因為有自由，可以表達政府做得不好。然而，真正的自由是與美德共存，不能以暴易暴。」

易國雄咀嚼着她剛才的說話，似懂非懂。

他的車在一張很大的廣告牌前停下，是一個時裝廣告。他目不轉睛看着穿豹紋衣服的模特兒。「我老婆很喜歡穿豹紋衣服，她說穿豹紋是因為好勝心，會讓人變得開朗。另外，她會隨身帶糖，遇到客人的小孩子哭了，就可以給一塊糖安撫。她有時候會抱着有錢人的心態來生活。比如去街市買菜，買便宜的國產水果還是買貴一點的外地貨，總是會有點糾結，最後，還是買了貴一點的。出門本來想穿拖鞋，但想一想要在藥房看舖，還是換上一雙皮鞋。以前在鄉下都是岔開腿大大咧咧地坐着，現在就要坐得端莊一些。她常常說，做了老闆娘，要注意面子。」

女人微笑：「你一定很在乎自己的太太。」

易國雄的思緒被打斷，聳動一下肩膊。他聯想到女人方才說的一句，也是他唯一聽明白的：絕不假設。剛才出門時易師奶的古怪行徑，是認定這位女客人定時預約是一種蛛絲馬跡，以為自己有外遇。歸根究底，亦不過是因為兩人作息習慣忽然改變了。她先有立場，認定男人都是花心，自然會有所假設。

的士停在女人住所樓下，他心裏忽然有個決定，跟她說：「明天起，我改了日班。你……可能要另找人接你放工。」女人有點錯愕，但瞬間又回復鎮定：「好的，我會用手機程式叫車。謝謝你，再見。」

易國雄交完夜班，從茶樓買了一盅兩件，一早回到藥房，想跟老婆說，他剛剛告訴了車主，調回日班的士的打算。最近，忽然絕處逢生。全因為進了大批黑色和白色口罩，有人是為了示威而來光顧，亦有人是怕遇見街頭衝突而傍身。易師奶心裏仍然生氣，裝作看不見他回來，從閣樓搬來兩箱口罩，擺放在店舖外叫賣：「十蚊三個，有三層，有橡筋有鐵線，舒服透氣。」驟聽起來，還以為她在賣胸圍。易國雄有感最近時局不穩，叫她別太張揚，撤回藥房內，她沒回話，看來意見不被接納。大批人在買東西，一時間，以為又回到幾個月前的好日子。

這時，一群人高舉光復清河的旗幟，來到藥房門外。他們看見一大堆顧客，馬上向貨架及閉路電視鏡頭噴漆。有人拉翻店鋪內的貨架，貨品散落一地。在店內的街坊被嚇得大叫，慌張離開。示威者用油漆潑向地上的貨品，連番破壞後，起哄逃去。這時，有記者聞風而至，追着蹲在地上收拾殘局的易國雄採訪：「我們已經損失了九成生意，如今又再損失一批貨。大家和平示威，我不反對，但破壞我有血有汗去經營的店鋪，我覺得⋯⋯」採訪鏡頭前的他，忽然感到一陣哽咽，說不下去。他以為有希望，但又再次失望。藥房生意再是如此，定必結業。即使不做老闆，他這年紀還有甚麼人會聘請？房貸供款龐大，

現在，他的銀行存款所餘無幾。

他的腦裏忽然浮現出昨夜女乘客的一句話：「我們相信制度，正因為有自由，可以表達政府做得不好。」當他想繼續說「真正的自由是與美德共存」之時，身旁的貨架又塌下來，易師奶正在扎穩馬步，雙手用盡全力支撐着它，他馬上急步過去幫一把。一陣騷動，他扶正了貨架，又攙扶好老婆坐在安全的地方休息之後，想回頭繼續未說完的話，但見所有記者已經如秋風般散去。

他檢查損毀，才發現側門外招牌的字粒被剷走，閉路電視損毀和被噴黑，另一邊門的門鎖懷疑被人用膠水封實了，要用火槍燒熔後才能打開。門口的地上被噴漆噴上大字，他要拜託清潔工人用特別工具清理。

忙了足足一天，他坐在舖頭內，很後悔已經告訴的士車主，翌日開始改為做日班。日班的收入，怎及夜班的多？如此下去，恐怕開舖無期，舖租、房貸、一家生計，他應該如何是好？

第八章

「如果，我不那麼肥胖，她或許會注意我了？」阿弈攀附在商場的欄杆，看着夜空下，汽車劃破路面一線又一線光輝。破繭而出的美麗蝴蝶開始爬上他飽滿的肩膀，恐怖感覺沉重如巨石，壓在他的心房。他內心不夠堅定，骨骼隨時會瓦解。眼前是散發着臭氣薰天的無底沼澤，陷下去就是不能自拔，陷下去就是永不超生。

這個調皮的小傢伙，是坐在他母親膝蓋的小兒子，對着她微笑。不，是在啼哭。哭呀哭，令人慘不忍聽的啕哭。課室裏是嬰孩的哭聲，操場上是嬰孩的哭聲，校門外是嬰孩的哭聲，耳邊盡是是嬰孩的哭聲。我不對你們報仇對誰報仇？

他知道易師奶最近睡得不好，先是藥房生意額大跌，又不習慣丈夫半夜不在枕邊而去上班，接下來被社會活動所驚嚇，但最令她憂心的反而是自己的兒子。

幼時在鄉下與她相依為命，兩母子感情還不算差。人家說教養教養，他媽媽對孩子總是沒有教，只有養。小學來到肥皂泡特區，兩人一起學習適應新生活。她並沒有閒下來，陪着父親每天出門，花時間投資，期待換取的不單是感情，還有生意收入。因為總要應酬連綿不絕的貨客信徒，她電話裏的水貨列表都可以密密麻麻寫滿一版又一版，幾乎每天都有好幾次接頭，母親就依照這些指示去跑她行程。

即便如此忙碌，她仍時常跟人說，她對兒子很好。而好的方式可以有很多種，比如一家人在嗑瓜子時，她會用嘴巴仔細地把那一顆顆黑黑亮亮的醬油瓜子殼咬開，再用手將裏頭薄脆易碎的肉挑出來，完整無瑕的白色瓜子肉就這樣一小片一小片接力擺放在他的跟前，好讓

沒耐性的他不用齜牙咧嘴，便能放進口中。又比如她父親是個有奇怪潔癖的人，不太能容忍家裏白色的地磚上有一丁點灰塵或掉下來的頭髮。只要一看到兒子房間裏的短髮，她就會去把落在地上那一兩根頭髮撿起來。但是，她從來不會要求兒子自己做。

在這些年，他從一個內向懂事的孩子，慢慢成長為一個自閉古怪的中學生。常常足不出戶後，身體愈來愈胖。然後，開始愈來愈不開心。情緒低落時，他往往喜歡用味美的食物來穩定情緒，喚醒內心對快樂、幸福的渴望。他到處尋找慰藉，「吃」讓他渡過難關，最開心的事就是一頓美食，所以他就更胖了。

易師奶察覺他的體形膨脹，但不會跟他多說甚麼。對她來說，兒子就是要捧在手心上，讓他覺得自己是整個宇宙裏的唯一的天堂鳥，獨特且備受寵愛；直到有一天，這個宇宙裏唯一的天堂鳥，發現了還有另一個宇宙與另外一朵天堂鳥存在。

小亦老師曾經在教他生物科時，說過一個有趣實驗。有科學家給小白鼠連續提供十二週的高脂肪、高熱量食物，最後進行三項焦慮和抑鬱方面的行為測試。發現被餵飼高脂肪食物的小白鼠，比正常飲食的小白鼠，抑鬱和焦慮程度都更深，而且大腦內獎賞機制迴路產生了突變，抵抗壓力的能力亦下降了。

如果他當時聽出她的弦外之音，他便一定會開始減肥。如此這般，他的同學便不會給他起了「肥仔」的外號。還要在那天，追着他大喊大叫，從課室到操場到校門之外，在偶遇小亦老師的一刻，大聲說：「肥仔前面一定有一個字——」眾人安靜了兩秒，異口同聲說：

「死！」接下來是此起彼落轟然大笑。他生氣到極點，眼眶前的景象化成了一團，在未看見小亦老師的反應之前，他轉身頭也不回地離開學校。

接下來，他開始把自己關在房裏，不上學也不外出。對他而言「房間」以外的世界就像戰場一樣可怕。父親因為忙於應付藥房的窘局，根本沒有時間理會他；而面對母親有如五雷轟頂的追問缺課原因，他實在說不出是為了逃避欺凌的理由。當他意識到自己的行為可能令她自責，以為是個自私又失格的母親之時，他更覺得煩躁。

他每天躺在床上，眼光直勾勾盯着天花板放空。真正讓他發悶，大概不一定是同學的譏笑。還有，母親從小到大為他安排的一切，那無可挑剔的一切。

母親曾經找來社工家訪，但偏偏這位社工不是別人，正是在實習中的江子翊，一看見他，馬上想到自己在小亦老師面前窘迫的一幕，阿弈把自己鎖在房裏。這幾天，母親還居然想去看心理醫生。她說很不開心，要他陪她。他覺得這根本是一個謊話，她不明白他，他沒有病！她以為把他推給醫生就可以？他決定完全不離開房間，只要見不到面，她要強制自己就醫亦困難。

他想獲得力量，他知道這力量的泉源來自小亦老師。可惜自從上次分別，他已經很久沒見過小亦老師。起初是自己謊稱生病，但後來到小亦老師不來了。他遭受巨大打擊：現在連小亦老師也放棄了自己。

這一夜，阿弈凌晨孑然一身徘徊在已經打烊的商場，繁雜聲音就此消去。聽不見難聽的聲音，也許是解脫。他一雙眼皮恍若懸着鉛石，

獨自在商場遊蕩。商場設計迂迴曲折，上上落落像個迷宮。太多幽暗角落，人可以躲在這裏不見天日，沒人發現。或許，他會看見吸完毒的男人暈倒；或許，有些女孩子醉倒大哭完一場睡在樓梯旁；或許，有人把車泊在商場玻璃門外，直到天光才離開如蝸居的車廂。

屋苑有一條橋接駁山上山下，阿弈要往商場的空中花園去，空中花園坐落山上，風大，有一股尿臊味，阿弈的心較安定，但又很孤單。山下是城市的燈，人都睡了，沒有幾盞方格亮着。眼前化成了一團，「肥仔前面一定有一個字——」「死！」耳邊是此起彼落轟然大笑。死，很好，我用這個給你們報仇。他坐上了欄杆，一個人靜下來可以看到很多，他在山下密集的警車車頭燈和路障的閃光中，看見彩虹，在他胸前輕輕畫出的度。

因為對未來無知，所以僅能憑藉着微小選擇而向前進。他在課堂上唸過一篇劉以鬯所寫的《打錯了》，一個電話的失誤，一個人不會因路上的車禍而亡，還是因為沒接到一個遲來的電話，而迎來生命終結？

這男生從不喝酒，但喜歡一種雞尾酒。別名「莫洛托夫雞尾酒」，來自前蘇聯外交部長的名字。二次大戰時蘇聯入侵芬蘭，芬蘭士兵無論是人數或裝備皆處於下風。面對紅軍的坦克，芬蘭人用汽油彈來招待蘇聯坦克，稱為「莫洛托夫雞尾酒」。戰事中大量生產汽油彈，以手或擲石器投擲。主要構造為玻璃瓶和易燃液體。瓶口以軟木塞或塑膠、橡膠、電線膠帶、牛皮膠帶等不透氣塞堵住；瓶口上紮上布塊作燃引，可造成一定的阻絕及殺傷能力。

他的眼裏滿腔怒火，正義的復仇火燄，熊熊燃燒。滿面通紅如大紅花般輝煌，他燃點布塊後把瓶拋出，對着那些碎玻璃一樣的臉，那些奸邪的笑容。像拋物線的火瓶，向前旋轉又旋轉，撞擊目標破裂，易燃液體傾倒在地上，硝煙一縷，巨響如浪潮翻捲，讓一切不公義的不人道的，轟轟烈烈中顫抖，讓一切善良的美好的在火燄中歡笑。正義萬歲，萬歲萬歲萬萬歲。

當一個人擺脱了自己的倒霉，卻不過是將這個必然推予他人，由另一個人成了這個必然的「替死鬼」。世上沒有偶然，有的只是必然。

轟一聲，一個男生從屋苑商場高處墮下，震驚了黑夜，震驚了世界。阿弈的臉貼在冰涼的地面。

第九章

最近，易國雄在清晨未接的士日班之前，總會先到鵬城一趟。藥房不敢開業，業主不肯減租，說明年市道必定轉好，更不明白他為何要求減租。業主說，還有三個月死約，要減租必須等到「生約」才開始。同時，業主又不批准他毀約搬走，以為萬事好商量。誰知業主居然還教訓他：「你做生意，怎可能不知道甚麼是實力？儲備兩三個月現金周轉是基本吧。」

內外夾擊之下，他惟有間中親自先到鵬城送一趟水貨，換取一點微薄駁腳費，以圖幫補藥房的高昂租金。從鵬城回程，他在市區月台的「連儂牆」上，看見一幅令他注目的海報。畫的是「幪面超人」，他的臉上還多了一個防毒面罩。他苦笑，難得幽默：禁了蒙面，超人仍在。記得，小時候總有一些人買齊了一整櫃的手辦玩具，學齊了每一代的變身動作。現在他兒子，好像喜歡女神多過超人。

甚麼是《反蒙面法》？他最喜歡的電台節目主持人嶧峰，說過二〇一一年紐約的「佔領華爾街」示威曾引用，這是一條已經有超過一百年歷史的法例，並拘捕最少五人。而加拿大從二〇一三年起，禁止市民在騷亂及違法集會中戴面具，違者最高可判處十年有期徒刑。易國雄本來沒興趣關心《反蒙面法》，不過，當看見電視上的警察仍在蒙面，便感到糊塗了。每個人都應該對自己的行為負責，這才叫做「法」。既然要求民眾不蒙面，警察也不該蒙面。

對他來說，蒙面犯法，實在是令他的遭遇雪上加霜。即將抵達的新一批口罩，會否銷售無期？這時，他的電話響起。「老公……」電話中傳來老婆的嗚咽。他的心裏一沉，馬上走到月台的其中一個角落。

當他聽到她所說的話，手腕抖得連電話也幾乎掉在地上。

對很多人來說，醫院是一個很可怕的地方。當易國雄兩夫妻，來到冷氣呼呼的房間，看着白床單蓋着一個人的身體，心裏爬出了疙瘩。

「媽？爸？」阿弈聽到腳步聲，翻開了蓋着臉的床單。他霍然坐起身來，右腳吊了在鋁架上，擱在床尾板。易師奶淚眼模糊：「你怎麼弄成這樣？」

易國雄用手肘撞了她一下。他們在來醫院途中時約定，不要多問兒子。醫生在電話中說，他被發現的地點，正是有人墮樓死亡的商場。易國雄夫婦今早有看新聞報道，知道這樁慘劇。由於事發地點和時間吻合，怕是別有內情。他們從不少街坊口中聽到，這段時間人人都有很大負面情緒，兩代因政見不同而跟家人鬧翻。因為想法和價值觀不同，父母和子女之間爭執，但絕少能在過後，嘗試與對方分析，結果通常不歡而散。易國雄覺得，既然無法改變血脈相連的事實，真的應該與一直相愛的家人因政見而變成仇敵？

他們只有阿弈，阿弈只有他們。易師奶擦擦眼睛：「無論你想做甚麼，最重要是：平安。答應我喔？」她抱着兒子的頭。原來，這段時間，他感到壓抑、沮喪，只不過是因為在參與抗爭運動。

阿弈一夜睡不好，頭腦實在有點混沌。他被送上救護車時，記得右腳是痛得撕心裂肺。救護員還一直問他是不是玩命跳欄，否則，若要跳樓幹嗎找那個有平台的欄杆？這時，救護車上紅色太陽和藍色的月亮同時發射光芒，穿過矇矓的車窗而來，他看見有另一輛救護車並排而行。救護員敲敲前面司機座位的窗：「讓他先走吧，他車上的是從高處墮下重傷。」他回頭幫阿弈調整好氧氣口罩：「你們是認識吧？你朋友不夠運，他墮樓的地點，沒有平台。」

阿弈完全不能理解救護員的說話，玩命？他真的是去跳樓。如此說來，他是跳到了平台，跌跛了……跳樓變成跳欄？上天跟他在開甚麼玩笑？

醫院急症室內的護士為這突如其來的病者忙得不可開交，很不容易才把記者和警察通通擋在門外。他記得，床車把他推往急救房，眼睛看着亮得發白的天花光管箱，一格格倒退。他的腦海閃現很多畫面，當他徘徊在無人商場，在那幽暗角落，是否見過剛才同一時間墮樓的人？

就在這時，他的眼前出現一張熟悉的臉龐。穿着護士服的女生緊緊跟着他的床車，白皙肌膚上戴着口罩，眼裏流露出焦急：「阿弈？你覺得怎樣？」是小亦老師？原來，自己被送來她工作的醫院？太巧合了，這一定是上天送來的彩蛋。他看着她擦一聲拉上布簾，當醫生看見阿弈的維生指數理想，便把他交給了護士，趕到旁邊的急救房察看另一位送來的病人。

小亦替他先安排X光，又處理傷口，接近天亮才把他送上病房。「別怕，我的右腿早前受傷，在這裏包紮繃帶，也是在這裏醫，很快便好，放心。」她輕輕掃了一下他前額蓋着眼皮的頭髮。「我幫你通知家人。」她從衣袋中掏出電話，正打算撥號。她的雙眼如着魔了一般停在熒幕上的即時新聞，它公佈的名字幾乎令她窒息。

江子翊凌晨墮樓身亡。

第九章

此後一個月，甚至更久，所有人的眼光都不再停駐在他身上，世上的每一個人都徹底忘記了他，除了他自己的父母。沒有記者想知道他是不是自殺，沒有警察想知道他為甚麼出現在現場；這樣，對阿弈來説，未嘗不是好事。而且，關心他的人，還有小亦老師。

墮樓身亡事件，沒有人知道真相。但因為小亦老師的關係，阿弈在現場的消息，卻在另一個圈子醞釀成不為人知的真相。他被認為是當晚獨行的勇武，在商場附近埋伏。很可能是為逃避追捕而跳欄，幸運地在跳到了平台。

這天清晨，他離開醫院，在陽光中看見鑲着金色絮邊的地獄之門，它發着濃濃巨響打開了。他驚奇地發現，人生無間地獄，並不如傳説中黑暗無光，卻是金碧輝煌。一群群身披鎧甲的壯士，一個個柔弱中見硬朗的女子，在他飄搖不定的意志中遊蕩。

小亦在醫院門口等他。「去嗎？」她用清澈的眼神望向他：「肥皂泡特區之路。」兩個月前，六十公里的「肥皂泡特區之路」由人鏈組成，除了沿三條這城港鐵線伸延，更上山下海，延綿至獅子山頂，市民以電筒燃亮獅山山脊，在夜空劃出一道「光鏈」，燈光照遍我城。

今天，小亦再次帶着他來到馬路旁，人鏈雖連綿不絕，卻並非人人牽手。有人因身邊都是女孩，不敢主動牽人家的手。小亦問站在身旁的他，可否拖手？阿弈完全沒想過，對方會主動提出，二人便拖着手。

他們並肩於秋天的詩歌，黑色的背影與白色的外套，建立起某種聯繫。

現在你握着我的手，我不再懦弱。落葉上要寫字，願望是讓眼睛只看到善意。花不開也看成奇蹟，天多灰也當是藍色，途中花瓣結霜連手心都凍傷，期望你空中拖着我歌唱。

阿弈心裏一直哼着歌，他們握着身邊人的手腕，空出一隻手舉起亮着燈的手機，讓人鏈發光。

古雁憚老師和兩名學生放學路經此地，古雁憚的心裏揪了一下，問身邊的學生：「我們如何還原真相？肥皂泡特區在五個月前還是平靜的國際大都會，為甚麼瞬間就陷入了火海？」學生指着人鏈：「老師，這不是火，這是光。」

這時，他們看見曠課多日的阿弈，上前問候。阿弈馬上縮開拖着小亦的手，古老師問他是否在罷課？在小亦面前，他不能說是為了懦弱，為了避開同學欺侮；他看看小亦，然後點點頭。古老師看着他說：「可以罷課，但請不要無限期罷課。不應因為一場運動就令一代人放棄學業，否則……」她看一眼小亦：「這和文革無異。」

這時，他看見兩位同學在古老師身後飛快按着手機，一定是把阿弈不是逃學，而是為公義而罷課的消息，傳遍校園。晚上，阿弈頭暈目弦，搖搖晃晃回家。只有他自己知道，一切都是將錯就錯的謊言。沉淪在濛濛細雨中，沉淪在憂傷的情緒，剛才拖着小亦的溫暖，煙消雲散。一瞬間，他感到自己無聊透頂。

第十章

第十章

清河大街兩邊的店舖大多已關門，路面彷彿在一秒鐘內變得滑溜溜。易國雄打點着明天開舖的事宜，今次如果不是「黃色經濟圈」救了他的藥房，他們一定像其他結業的藥房同業承受沒頂之災。

自從上次「半桶水」訪問播出，他的無奈被演繹成對示威者的理解；外界更斷章取義他未說完的一句「我們相信制度，正因為有自由，可以表達政府做得不好。」而認定他是「黃色」分子。他因此，而獲得特赦，繼續開業而沒有被再次騷擾。

易國雄問阿弈拿到一些標貼和海報，貼在店裏最當眼處，貼完了，把手搭在老婆的肩膀說：「你感到嗎？心裏頓時踏實了。」這些強而有力的字體和影像，彷彿新年揮春和吉祥圖騰，信者得救，可保一家出入平安。

嶧峰在電台節目中報道新聞：「今日報章選評第一則：有團體和學者召開研討會，決定成立『黃色經濟圈』，號召黃色活動的擁護者加強團結，壯大經濟力量，只光顧標明黃色陣營的店舖，杯葛藍色商業，利用經濟手段，加強自己陣營的資源。所謂經濟圈，必須有足夠消費才能壯大。消費者的角色，因而變得十分重要。黃色經濟圈的概念，是一種社會上財富轉移的過程，把社會上的零散資金，靠消費者把資金重新匯集，再消費於黃色經濟圈中。最重要，是持之以恆。黃色消費應是一種生活態度，而並非誡律。」

易國雄本來從未想過靠攏任何一方。在他的世界，只渴望家家富足，繁榮安定。無論是以往賣水貨，還是現在加入黃色陣營，從來沒甚麼立場，一切都只是適者生存的過程，他只想謀一個安定。

易師奶問：「如果我們加入了黃色經濟圈，還可以賣水貨嗎？」

易國雄壓低聲線：「別張揚！被阿弈知道就麻煩。以後誰作得了主亦未知，我們見步行步。」他們做夢亦沒想到，開始要看只有十六歲兒子的面色行事。他們當然不知道，阿弈早前把自己困在房間裏，只不過是沉迷電腦遊戲。現在，阿弈重返校園，一切似乎回到正軌。

在這時，肥皂泡特區除了街頭，連大學校園都成為戰場。四間大學校內以及周遭都發生警民衝突，硝煙四起。學生情緒激動，理工大學成為新戰線，示威者不但佔據連接大學與這城鐵站天橋作據點，又以弓箭作武器，將磚頭疊成石牆。在通往過海隧道的路面設路障，大肆破壞收費亭和縱火，消防疲於奔命來回多次滅火。有的士打算突圍，示威者隨即投擲磚頭及鐵枝等，亦有私家車成功穿越，但車窗被磚塊擊碎，又一輛泥頭車被投擲汽油彈，導致車身帆布起火。

四間大學停課，揹着背包，身穿反光衣的小亦，腦海中閃過古雁懌老師的說話：不應因為一場運動就令一代人放棄學業，否則，這和文革無異。文革時期，在紅衛兵衝鋒陷陣，不少文物、建築、古蹟遭到破壞，師長、父母遭子女與學生「批鬥」，階級鬥爭在十年間愈演愈烈、無限上綱，整個社會陷入瘋狂。這一輩人失學比例極高，成為現今中國失落的一代。她不是，他們不是……小亦內心有一種前所未有的掙扎，感到很沉重。此刻，她只想要進入大學，幫助手足。

道路路障重重，深入校園重地，她看見最多的，是「要替江子翊報仇。」死者已矣，每次看見這三個字，像在她內心的傷口灑鹽。她很想忘記，但更多人不許她忘記。她只是一名暗戀江子翊的師妹，尚

且如此。他的家人，可見是更難從傷痛中站穩。

她和一群義工救護治療不少傷勢嚴重的患者。面對一個個學生的傷勢，有見肉的深層割傷、有肋骨斷裂、又有大量骨折等等。她在急症室工作，尚且難以處理這些怵目驚心的場面，一些經驗不足的義工，看到血漬斑斑與嚴重傷勢，他們都在哭。

過海隧道來回方向全線封閉，上班族為着飯碗，仍然每天緊守崗位，搭加班車搭加班船，早些起床，遲些回家。這兩代人原本不必承受這些遭遇，不該是他們來扛下這些責任。

學生表示為了抵禦警方，自製愈來愈複雜的武器。本該是學習的地方。這城，突然變成戰場。為了促使政府回應，示威群眾癱瘓城市交通，但同時與警察持續對峙，學生們發現自己陷入無法想像的情景。

他們的手上有大大小小的傷口，睡在體育館，幾乎沒休息過。

易國雄的藥房成功轉營為「黃店」，阿弈索性問他取一些醫療物資，取信於小亦。這天，他又來送物資給小亦，認識了一位和阿弈一樣大的高中生，跟阿弈談他的興趣是射箭運動，所以來到現場備戰，然後，就在他面前揹着弓，一彈一跳縱身進花叢。阿弈覺得，他有點像網絡遊戲中的金弓箭手，有點不太真實。又或者，是因為空氣中瀰漫刺鼻的化學氣味，令他感覺虛幻。

在戰線，每天都會有一千人輪流進駐，他們大部份都是學生，為了阻止警方進入，大學生以更激進的方式保護自己，例如，準備汽油彈。離開時，他在泳池邊遇見有一位穿着黑色背心紮起馬尾的女生，看上去很年輕。她戴着口罩和手套，身邊放置着塑膠漏斗、捲好的毛

巾與一個個玻璃瓶。裝滿汽油的的箱子堆疊在手推車上，顯然都是從實驗室拿出來的易燃化學品。也許，她從沒想過會用這雙手混合化學劑。她正測試剛製成的汽油彈，她示意叫阿弈走遠一點。她舉手，像陸運會的健兒，但她拋出的，卻是玻璃瓶。武器被丟進光禿禿的泳池中，瞬間閃起火餤。阿弈應聲，抱着頭蹲在地，久久無法站起來。

這一幕，頃刻把他從一整個月的虛幻渾噩，帶回現實世界。這戰場並不是電腦遊戲，而是真實場景。一種前所未有的恐懼，在他內心升起。他開始猶豫：我還要不要跟他們在一起？

之後，小亦沒有再叫阿弈送物資。儘管受傷、飢餓、失溫的學生眾多，士氣開始低落。學校出口被警方全面封鎖，大學變成圍城，絕望與無力感蔓延開來，不少人從天橋游繩逃亡，亦有人坐上自發拯救者的摩托。

他每天都有追蹤小亦在社交媒體的貼文，彷彿知道她安全，已經是世上最值得高興的事。小亦最近少了發文，只會寫一些名人的言論，泰戈爾說過，「你如果拒絕面對錯誤，真相也會被擋在門外。」

在自媒體發達的時代，大家一秒鐘之內就可以把視頻推出去，幾分鐘之內就可以把報道和感想傳播，幾十人、幾百人，甚至是幾萬人在閱讀和觀看。

街頭戰不斷上演，被路障封閉的道路狹窄得像一條彎彎曲曲的魚腸。各種車輛像一串銜着前方尾巴的怪獸，堵塞在一起。有的車熄了火，有的沒熄火，大貨車機頭上豎起煙囪，吞吐着一圈圈淺灰色煙霧，燃燒味像汽油。汽油與煙霧彈的味道，糾纏在一起，匯成一股混濁的

氣流。因為無法了解整個事件的始末，每個人都很沉重。

唯一不同的人，是阿弈。他現在的心情，比從前輕鬆多了。因為上次自殺不遂，反而被誤認成熱血青年。有了勇武的光環，在學校沒有人再看輕他了。偶然，仍然有人叫他肥仔，但不會再加一個「死」字在前面。

十一月底，大學解封，交回校方接管。阿弈看見電視機上的校園，出現堆積如山的汽油彈和化學品，還有不同種類的武器，例如氣槍、弓箭和大型投射器。他想起那位試汽油彈的女生，他知道，自己永遠不會像她。

這天放學回家，電腦上跳出社交網站上的群組召集通知，他看着熒幕怔怔地發呆。他的指尖，停在滑鼠上一動不動。

雖然勇武給了庇護，令他不再受同學欺侮；但經過這段日子，心底裏最清楚，自己根本不適合做勇武。他不想要光環，他只想平平凡凡。此刻，阿弈已經不想去緊貼大隊。

這時，父親的藥房，變成了另一個戰場。

第十一章

第十一章

一身球衣打扮的何展燁，早晨在清河街頭冒着寒意站在易國雄的藥房前，滿嘴鬍子還沒有刮。由他宣佈參選至這一刻，他沒有收過傳媒訪問邀請。半年前，他是中年人口中的「廢青」：公開試零分；修讀毅進不合格，補考再不合格；修讀文憑課程，又再不合格。他於是去打工，做過地盤工人、維修學徒。為了離開父母，數年前以幾千元租住唐樓的一間狹小劏房獨居，每天爬七層樓梯。他自覺，有能力住劏房，已經非常幸運。這些由業主將一個標準住宅單位分隔成多個細小房間出租，又有獨立浴室。反觀他的學徒同伴，有些是「麥難民」。

肥皂泡特區是全球貧富最懸殊的地方之一，根據政府統計數據，七百多萬人口裏面，五分一是貧困者。政府官員說，解決貧窮問題的最好方法，就是擴展經濟，製造就業。但當一個人已身無分文，整個人陷入筋疲力竭，心志會被挫敗，只想靠休息來平靜思緒。即使嘗試堅強地面對眼前問題；卻往往欠缺一個時機，一切覺得很困難。最後，大家只能靠着打零工餬口，做食物庫的常客，穿着捐贈的衣服，住在二十四小時的麥當勞。

屈居在狹小的空間，何展燁每天都在思考別人的人生，自己的人生。仰望窗外一片天，想看穿自己的未來。沒閒錢的他，常常到附近公園流連，跟街坊聊聊天；社會運動爆發後，在街頭宣傳這場運動，又順便看看居民有甚麼需要幫忙。半年光景，燃點了不少人的選舉熱情。

這天，他來到擺街站的行人路旁，戴上麥克風，站在易國雄的藥房前，站在一張宣傳海報前，便開始向街坊呼籲：「請支持我——何

展燁」。接連有街坊向他豎起大拇指，以示鼓勵。易師奶把易國雄推上前跟他握手，叫易國雄和他合照，然後誇張地舉手：「肥皂泡特區加油！」何展燁自己最清楚，他參選的背後，並沒甚麼大佈局。出選時的競選團隊就得他一人，銀行戶口結存是零。其後，陸續有些陌生人在網上跟他聯絡，請纓出錢出力，又幫他聯繫這個藥房的東主，易國雄先生。他的舖位在大街最旺的位置，他在店面前擺街站，最有利。

他的對手，是一名頗有政績的中年人。他的法律事務所在過去半年，無條件幫助保釋了很多被捕學生，每每到深夜，他本人還在警局替他們落口供，親自護送他們回家。然而，沒有人出錢出力幫這位中年人安排。據說，因為他背景不夠清白，不似何展燁此等「素人」——一群沒有政績的候選人。「這場選舉，是政治立場的表態。」何展燁在麥克風中說。陽光打在他的臉上，一雙疲憊的眼睛幾乎睜不開。半年前，他可以隨心所欲去附近的小公園打個瞌睡，和街坊閒聊幾句。但即將成為政治新星的他，大概還有太多東西，是無法想像和操控的。

這次的選舉和以往不同，拉票活動，在持續五個月的示威浪潮中更加火爆激烈。連番出現不同黨派參選人的辦事處被毀、義工被打、擺街站被圍、助選團被惡意「起底」等；易國雄每天聽到店舖外的麥克風播放流水式宣傳，頭痛不已，感到又煩躁又憂心。易國雄的藥房，因為讓出空位給何展燁做街站，街坊要繞道而行，生意明顯減少。再者，他怕自己和家人捲入這樣的政治漩渦，但既然加入了「黃軍」，又很難「抗旨」。早上幫老婆開了舖面，便馬上去接班日更的士。他怕自己不在藥房，易師奶被無辜牽連。幸好，阿弈在學校停課時，天

天主動來幫何展燁派傳單。

對於社會時事，阿弈本來是不關心的。但一為神功二為弟子，他見何展燁沒有很多人做助選，於是抱着玩票心態來幫幫他；這活動又成為他看見小亦的機會，在醫院放假時，他邀約她來幫手。小亦覺得，要從失去所愛的傷痛中復元，必須令自己很忙。每分每秒不斷工作，自然能令精神有所寄託。

兩星期後選舉結束，社交媒體上指為慶祝「十八區全黃」，呼籲黃店今日全場半價，並將其餘收入在不扣除成本後，捐給本城一間媒體。消息傳開，街坊一早就在藥房的鐵閘外排隊。易國雄前一晚才全家總動員幫何展燁拉票，今日他又要來謝票，還要應付特賣，他只好白交一天的士租金。

久違了的大排長龍令兩夫妻心裏雀躍起來，令他們幾乎想忘記要半價賣出貨品的協定。老街坊捧着廁紙洗衣粉雜貨一堆到櫃枱，「我不關心時事，但會一直支持你們。」她一邊說一邊金睛火眼看着易國雄一件一件貨品按計算機，在最後一下的總數鍵，易國雄的指頭像千斤重，內心充滿掙扎，不想按下折扣鍵……直至他看見老街坊露出貪婪的笑容，他心如刀割一般說：「總數五百二十元，半價二百六十元。」他目無表情，心中盤算：來貨也要三百多元，這次賣一件蝕一件了。

「現在日子艱難，難得商戶仍想辦法回饋社會。」電視台記者來採訪，易師奶堆滿笑容上鏡。易國雄內心淌血，在收銀機前一邊忙一邊看着她。不消一個上午，街坊像蝗蟲一般，把藥房的大量日用品搶

第十一章

購一空。秋風捲起門口的議員傳單，不偏不倚拍在他臉上。他內心充滿憤懣，這時一隻手從他臉上撿走了這張傳單。

何展燁激動地說：「易老闆，謝謝你多日來的照顧。我，嗯，也買點甚麼來支持你吧？」他從那個唯一紋風未動，積壓如山的貨架上的貨堆中，取了一盒白色口罩來付款。

「不戴黑色了？」易國雄問。何展燁怯懦地說：「不了，怕嚇壞區內的孩子。」易國雄看着他轉身的背影，在夕陽下拖得很長。

易師奶忙了一整天，眼見阿弈和小亦老師出去吃晚飯，她索性拉下鐵閘提早關店。她雙腿很痠，用力搓揉，累得不發一言軟巴巴伏在櫃案。易國雄不停翻閱訂單，一邊對帳，一邊搖頭。他嘆氣，嘆得很重，嘆得天崩地裂，易師奶心裏有數，但不想搭嘴。最後還是易國雄忍不住，對着空氣咆哮：「為甚麼我們要蝕做？被迫半價，別說利潤，用一整個月收入拉上補下，才打一個和，你和我的人工更是沒着落了。」空氣中瀰漫着兩口子錐心的悲慟，這時，電視播放了區選後「覺得值得高興」的選民訪問，也有一個幾秒的鏡頭，拍攝了易師奶滿面笑容。

「算了吧，當作給買路錢也好，是宣傳也好，將來的生意，一定會好。」易師奶攬了一下易國雄的膊頭。「一家人，齊齊整整就好。」易國雄苦笑：易師奶變了，她不再是從前那個講價時分毫不讓的老闆娘。

就在這時，他的電話響起。他瞥一下電話，是業主來電。他心裏一樂：莫非他是良心發現，主動減租？

「國雄！」業主在電話中響亮的聲音，每次都令他有震耳欲聾的

感覺。「恭喜你！」易國雄心頭一凜，最近聽見這句，都不是好兆頭。

他怯生生地問：「恭喜甚麼？」

「你的藥房現在是逆市奇葩！人家結業，你反而客似雲來。剛剛在電視畫面見你們生意做不停，一定豬籠入水……」不知怎地，易國雄覺得這番話根本不是賀詞，反而是詛咒。

業主說話滔滔，完全沒有停頓，不給空間予易國雄辯解：「所以呢，我說的話是沒錯的，不到年底，你又起死回生。是這樣的，我想加你百分之八十租金。」

易國雄當場一怔，他沒有聽錯吧？市道蕭條，他居然加租？「國雄，實不相瞞，如果新年後不加點租，我便會賣盤。到時，新業主可能加幅更大。」易國雄更震驚：「賣盤？這裏是你祖業。你不是說要世世代代？」

「哦，如今嘛……我真的絕望了。我覺得這城市已經不是我所認識的地方了。我和家人，下個月移民。」聽完他這一句，他多麼希望，這不是真的。一個和他一起成長的人，活了半世紀，現在才說要離鄉背井？他忽然感到，這班在社會上被認為是有能力的人，居然，如此脆弱，比他，更脆弱。

第十二章

第十二章

年關難過年年過。時近年尾，供應商的貨期已屆，一大批賬單等着找數。易國雄的藥房雖然回穩，但生意大不如前。做代購的人又都回鄉度春節，他和易師奶決定全新部署，分頭行事。易師奶在鵬城同鄉姊妹的小店做交易，早上過關散貨，晚上回來結賬。由於接近年尾出入境頻繁，她可以賭賭運氣，希望海關關員掛一漏萬。如此，他沒有再做的士司機。

勉強夠交租金，過一日得一日，易國雄唯一希望，業主過年後回心轉意，不移民又不賣舖。最近，人們買大掃除用品都網購了，大樽小樽清潔劑和打掃用品一應俱全，人家還送貨上門。藥房生意冷淡，他一個人望着閣樓貨倉裏堆積如山的口罩發愁。正當他惆悵萬分，一步步走下樓梯，思索着該如何處置這批囤貨，掛在牆角的電視機播放新聞報道。衛生防衛中心發言人郭繹敏醫生召開記者會，宣佈湖北盤龍城，有一個販售海鮮和野味的批發市場，隆冬，數名攤販和市民突然發病，並病危。巨龍國於是向世界衛生組織通報，這些原因不明的肺炎病例。他們關閉市場，並進行消毒，其時巨龍國境內感染人數已增加至四十人。

開完記者會之後的郭繹敏，看看手機上的時間，本來，這天她不該在香港。她早已約了當老師的舊同學農曆新年一同旅行，但正因為準備抗疫方案，只好取消。這一刻，沒有人知道這次不明原因的肺炎，是一種全新病毒以本世紀前所未見的疾速傳播。

一月下旬，巨龍國宣佈「封城」，實施全境隔離盤龍城，暫停班機和火車進出，其後亦有省市相繼宣佈封城。一月底，巨龍國已有近

超過三千確診個案，當中有八十人死亡。境外擴散也快速蔓延，多個國家地區陸續出現病例。

政府其後宣佈一系列收緊過關安排和隔離措施，郭繹敏每天應付幾十個會議，幾百個電話。她累得筋疲力盡。這時，她接到舊同學古雁懌的來電，她想，噢，對了，她應該在回程途中吧。然而，電話中傳出她抖震的聲音。郭繹敏這才回過神來，她的確忙昏了！她們的原定計劃，是度過一個悠閒假期，所以選擇乘坐郵輪……

在橫濱海岸停泊的郵輪「鑽石公主號」，曾接載一名確診盤龍城肺炎患者，目前檢疫工作進行當中，確診人數不斷上升。古雁懌從午睡中乍醒，手機信息彈出：她搭乘的郵輪「鑽石公主號」又有新增確診案例，總感染人數已超過二百八十人。她一陣慌亂，拿起電話，打給她唯一的醫生朋友郭繹敏。

古雁懌生平第一次坐郵輪，這艘郵輪猶如一座漂在海上的大型度假酒店。樓高十七層，一千三百三十七個房間，逾千名工作人員，全船二千六百多名乘客。和絕大多數的現代郵輪一樣，鑽石公主號採取密閉設計，旅客連續多日，在偌大室內空間活動，一起用餐、一起浸泡和風浴池、一起進蒸汽房、一起游泳、一起觀看魔術表演和歌舞劇、共用一把食物鉗、同摸一條樓梯欄杆。

從古雁懌的覆述，郭繹敏深知道，這些設施都好像是廣泛傳播病毒的幫兇。古雁懌是從網上得知同船有盤龍城肺炎患者，惟對病源茫無頭緒，為免接觸患者使用過的設備，她大部份時間關在房裏。她告訴郭繹敏：「這裏仍然有很多人打麻將，甚至有卡拉ＯＫ聚會。」到

了離開香港的第九天，船上乘客及船員開始接受全面檢疫時，她才開始戴口罩。但她不知道，是否已經太遲。起初，她以為數小時便能完成檢疫，便就可以落船。但當自己完成簡單檢疫，檢疫人員卻沒有意思讓她下船，她才意識到事態嚴重。

郭繹敏告訴古雁懌：「當時日本方面表示尚有一百人要接受檢疫。之後會把樣本送往檢查，翌日出報告。但他們沒有提及，如果發現大量感染者會怎樣做。」晚上，船上開始頻繁廣播，提醒乘客注意個人衛生。到深夜，有身穿全套防護衣物的人員上船檢疫，不安氣氛瀰漫全船。再過了一天，船上又再傳來廣播，除了確認船上的確有確診盤龍城肺炎患者之外，更首次宣佈禁止乘客離開房間，消息旋即引起恐慌。人們開始困擾和不安，開始有諸多需求。戴着口罩的船員每天會來送早餐，古雁憚留在房間看電影打發時間。到了晚上，她的憂慮令她不能入睡，她告訴郭繹敏：「從昨天開始，隔壁房間一位男士一直在咳嗽。換了是你，還能安睡嗎？」

再過兩天，船員開始分配溫度計，並指示乘客自行量度體溫，如發燒應立即聯絡船員接受快速測試。她開始感到絕望：離船之日遙遙無期。她想了半天，午睡醒來，才決定打電話給自己的好朋友。

郭繹敏安慰了她一會，又提醒她要做好手衛生。她無奈地掛斷電話，思緒飛得很遠：如果不是這場疫症，她不會取消假期；如果不是這場疫症，她的好朋友不會被困；如果不是這場疫症，她根本不用在此自覺僥幸；如果……

如果和十七年前的沙士一樣，先後有多個確診病例同住同棟大樓。

懷疑透過相通之排氣管為感染途徑，擔心發生社區感染案例，衛生防衛中心徹夜緊急疏散大樓超過百位居民。郭繹敏徹夜未眠，等待事態發展和檢測結果。這次的「如果」，幸好沒成事實。但一次又一次「如果」，引爆群眾恐慌。

隨着疫情升溫，政府暫停政府部門辦公時間。市民要開始搶購口罩，在藥房林立的清河，易國雄在傍晚將口罩放到藥房門口當眼處，以兩倍價格發售。到晚上，購買口罩的市民增多。他馬上又調高售價，不消半晚已經賣光。他暗自慶幸今年春節，沒有舉家回鄉探親，否則，就是斷送一條財路。眼見疫情持續，這分明是一條十年難得一遇的財路。即使口罩供應商坐地起價，易國雄仍然大手購入，這幾天，他拿着手機如晨昏定省目不轉睛世事和他無關，一心只要口罩。忙了一整天，才想起來，今天易師奶好像比平常晚歸，不會是出了甚麼狀況？

一股潮濕寒冷的夜風撲進來，使他打了一個顫。門口的電燈照出孤獨和恐懼的黑影，他心裏發毛。治安日差，近日甚至傳出街頭搶劫事件。他披上一件厚衣，去車站看看。街上很暗，有不少燈還未修復。一個跌跌撞撞的黑影，在大街盡頭出現。他快步走過去，易師奶看是他，雙手緊緊地抓着他的膀臂，整個人如虛脫一般，淚水如決堤：「倒大霉！先是遇上『着草』的人，再遇盜賊。」易國雄大驚：「你被搶了銀包？」

他扶着又累又餓的她，回到舖內坐下來。易師奶雙手抖動，喝了一杯熱茶：「政府午夜起對內地入境人士實施十四天強制檢疫。檢疫令生效距離尚有三小時，大批人從早上到夜晚，經鵬城灣口岸湧來，

人流入夜後源源不絕。他們一家大小扶老攜幼，大包小包像搬家，大堆人在口岸中心『打蛇餅』，我排隊排了六小時！」排在她前面的男人跟她說：自己主要在這邊工作，需往返兩地，特意提早一日來，想在市區租地方住，但至今仍未決定住甚麼地方。他怕三星酒店每天有陌生清潔女工在自己的房間團團轉；又怕住舊樓套房不乾淨，衛生環境差。他和很多人一樣，「着草」來到，無家可歸。而且，疫情到底會持續多久，他們需要寄住親戚家裏還是找一個地方住？對前景惶恐的感覺，強烈地在這班趕着出城的人當中彌漫，如毒蛇一般噬咬他們的內心。

易國雄見她稍稍定神，問她：「你被搶劫，要報警嗎？」她搖搖頭，揮揮手中的銀包，眼中充滿空洞：「我被人搶了一盒口罩！」易國雄震驚得目瞪口呆：賊人只搶口罩，並沒有搶她手中的銀包！

易國雄活了大半世，今天才學懂一個新道理：口罩，比錢更重要。

他放下易師奶，徑自回到閣樓，幻想那一幢幢口罩，化成金燦燦的黃金磚，照亮他的人生。

第十三章

「絕症喪智！打劫廁紙！」一位老人在長街公園的長櫈一邊讀報，一邊仰天疾呼，路人以為他神經錯亂，紛紛側目躲避；從超級市場捧着大包小包糧油雜貨米即食麵紙巾等等的人，更是垂着頭加快腳步走過。

市民除搶購口罩等抗疫用品和白米廁紙等日用品外，近期更出現打劫廁紙。有三名男子不惜鋌而走險，趁運輸工人將廁紙運抵店外，並疊高有如廁紙山之際，亮刀指嚇職員，賊人隨即將市值約一千七百元的五十條廁紙搬上手推車，然後迅速逃去，淪為國際笑話。市民大量囤貨，市面才會出現暫時缺貨，但此舉會令基層市民連生存也成問題。「相爭不足，分享有餘。」郭繹敏的車經過長街公園，正在聽電台主持人嶧峰的廣播節目。「為甚麼世界各地的先進國家的人民會搶廁紙？廁紙非防疫用品，也非生命必需品，但正因為它體積大，在貨架上最為顯眼。試想像，大量廁紙一夜間從貨架上消失，空蕩感必然比罐頭或消毒用品更誇張。而當我們看到他人搶購某種商品時，所謂『執輸行頭慘過敗家』，怕自己錯失機會，形成恐懼。心理學專家分析，廁紙正是城市化的現代象徵，是我們的習慣，搶購廁紙便是一種得心應手的心理狀態。」做了傳染病專家多年，郭繹敏一直覺得：真正具傳染性的，往往不是疾病，而是恐慌。

有些疾病，不一定會很嚴重，因為只要細心看護，通常都能康復。不過，同樣的疾病，一旦侵入某個從未接觸過它們的人類族群，很可能會使極多人送命。換句話說，一旦恐慌入侵初次接觸它們的族群，這類傳染病將有辦法摧毀或重挫人類社群，甚至整個文明。

第十三章

日本郵輪上的乘客已完成檢測，肥皂泡特區先後安排了幾班包機接載逾二百名市民入住隔離營。郭繹敏來到現場視察，確保他們的安排妥善之餘，亦要確定醫護人員的裝置足夠。被隔離的居民向她投訴：送來的膳食不夠多元化，整天困在單位內悶得發慌。她知道古雁懌也在這裏，也想知道她是否住好吃好。可惜礙於有公務，她實在不方便主動前往。世事弄人，明明近在咫尺，她連想見見好朋友，慰問一句也不能。她在記者幾十對眼睛的注視下，實在不得越雷池半步。世人對公職人員的要求，往往超乎合理水平。在私營機構或平民眼中的常態，公職人員應該用更嚴謹的尺去規範自己。因為，在市民眼中，他們都是公僕。既是僕，該向主人稱臣，任勞任怨。然而，公僕之中，又有分等級，高級的是官，低級的是奴才。結果，整個社會發生期望落差。有市民覺得你應該低聲下氣，有公僕覺得對方應該言聽計從。近來太累了，郭繹敏讓思緒放飛，讓它與「期望落差」四個字在虛空中糾結。

在別人眼中，她總是掛着淺淺的微笑，彷彿沒有情緒，一切總是那麼淡然。但在微笑的背後，在她的內心，時刻充滿着澎湃，充塞對人類的不理解，就如旁人對她的誤解。在動盪之下，她壓抑放恁，保持冷靜，解決每天湧現的困局。要做一個中立者，有時要比其他人付出更大勇氣和決心，更累。

學校停課超過一個月，為了追上進度，家家停課不停學。古雁懌用電話傳訊息給郭繹敏報平安，也告訴她如今每天用視像軟件，替學生上課。現在的軟件，能夠讓多人遙距上課，科技進步下，聲畫俱全。

然而，正因為科技進步神速，令人有一種幻覺，以為整個社會都已經數碼化。結果，不能與時並進的基層，註定成為被忽視的一群。

午後，在長街公園的另一角，有兩個老伯伯鬼鬼祟祟接頭，壓迫聲線打暗號。外人不為意，一定以為他們在做非法勾當。其中一人用原子筆填了一張格仔紙，再從胸前的格仔恤衫的口袋中掏出五十元鈔票。「好，我這裏收你五十元，會交給生果店老闆。」接頭的老伯伯，雙手微抖，小心翼翼把錢收好。他走向街尾的生果店，遞給老闆。這位中年人純熟地點收，用電話把馬票影一張相。「好了，贏多點。」他用手機登入網絡，不消半分鐘完成投注。在旁挑選生果的熟客易師奶，看他這樣，忍不住說：「老闆你做外圍？」「殊！犯法的呢。」他瞪了對方一眼。

「你不知道嗎？馬會關閉了投注站，這樣是取了這班老人家的命。」他們幾十年來的嗜好，不外乎是週末週日買個希望，退休之後，更成為他們的唯一寄託。一星期都摸着一份馬報，東寫西劃，靠點經驗，加點心水，再要點運氣，賺它一千幾百，趾高氣揚帶老婆飲一星期早茶。運氣再多點，賺一注六重彩甚至三T，可以在投注站和街坊一連幾星期吹牛皮，爽！這對他們來說，不是賭博，而是生活。「現在，投注站關門，但這些老人家根本沒有網上戶口，甚至，連電話戶口也沒有。」生果店老闆一邊說一邊收錢，再把生果放入袋，交給熟客易師奶。

這班老人家，天天在家，沒早茶可飲，沒麻雀可打，沒旅行可去，沒孫兒可見（孫兒的父母怕交叉感染）。如此，不染病也悶病。生果

店老闆從小就在這小區生活，老伯伯們都是看着他長大的士多叔叔、巴士叔叔、看更叔叔、白糖糕叔叔，頑劣的他吃過他們不少悶棍，但長大了卻似自己親人，過時過節又會送他們生果。

易師奶臨走前說：「很少人懂得敬老。」她在想，真難指望，自己的兒子將來會照顧他們。生果店老闆苦笑：「敬老要學的嗎？小時候見人人都會尊師重道，長大了就知道自己要對他們尊敬。敬老要講條件嗎？要對方和自己一樣優秀，才值得尊敬？這到底是利用，還是關心？」他滔滔不絕，易師奶第一次覺得，智慧在民間。

她坐火車回到清河，回到藥房。經一事長一智，她是最近才學會，原來口罩也有分門別類，更有標準可言。內地聞說 N95 最安全，迅即銷清。她老公四出「撲罩」，市場供不應求，到了最近甚麼標準、甚麼型號都被拋諸腦後，但求一塊紙兩條繩，濫竽充數，比甚麼都沒有好。有很多人日子一天一天地算着口罩，幾天才出門一次，省點用，視口罩如珠如寶。連有識之士都各出奇謀：口罩內放紙巾隔口水；於外科口罩外面再戴棉口罩；將口罩攤在陽光下曬再重用；用火酒消毒再重用……最有創意者，莫過於清蒸口罩。

易師奶有一晚跟易國雄說：「一大堆餿主意，不切實際。不如買兩打胸圍，每個剪開兩半當作兩個口罩，用完可以手洗，又可以機洗，循環再用，環保省錢。」易國雄一怔，大笑。最近，他老婆變得比從前幽默，她似乎擁有了，在荒謬世界中自我復元的本能。

初春陽光溫暖，易國雄在藥房點算剛到的口罩，行家中數他最幸運，其他人的貨運有脫期的，有被堵截的，有各式各樣不能準時供貨

的原因。可是，他訂的，都到齊。除了因為他早着先機大批採購，還因為他不計成本。韓國因為新天地教會的群聚感染，令大邱市、慶尚北道清道郡被傳染病攻陷。日本確診病例上升，東京奧運延期。歐洲亦淪陷，風聲鶴唳。中東伊朗疫情暴增，美國無需與之競賽軍備，未戰已俱傷，落花流水。世界各國鎖國，形成近代規模最大的一場全球隔離行動。

易國雄滿面笑容，跟易師奶說：「以現在的情況，疫情怕是一時三刻不能解決。」他把一盒盒雪白的口罩，放在收銀機前。他看着它們，忽然覺得有如一磚磚花白的銀紙。經歷半年折磨，他再不是從前的他。有風駛盡𢃇，他最害怕三更貧時五更富。過去他的默耕耘根本沒有保障；只有暴利能令他在烽火連天的亂世安穩。他把售價工整地寫在盒面：五百元一盒。

一個平日笑容滿面，眼睛像腰果般可愛的老婆婆，如常彎着腰，路過。她看一眼易國雄，易國雄向她微笑；但她沒有微笑。他感到奇怪：即使口罩掩蓋了她的嘴巴，但她眼睛裏並沒有喜悅。

在她擦身而過的一剎那，易國雄聽到她在後邊咬牙切齒地說：「總有一天，會有人出來收拾你們這些吃人的野獸。」

老婆婆的話讓他的心頭一震。易國雄忍不住向老婆婆身後大叫：「神經病去看醫生吧！」誰是吃人的野獸？難道我也是吃人野獸隊伍中的一員嗎？

第十四章

第十四章

易國雄決定洗去這份鬱悶，帶着妻子到城中最貴的餐廳吃一頓晚餐。

易師奶穿着一襲絲絨套裙，配一條珍珠頸飾。她沒有化妝，油光滿臉，彷彿和衣着不太搭調。易國雄有一件妻子買了四年都沒穿過的西裝外套，配牛仔褲球鞋，他自覺不賴。

這間位於五星級頂樓的西餐廳，坐擁絕佳的海港景致，白天遼闊浩瀚，晚上燦爛奢華，完全就是國際級城市會的氣勢。易國雄在這城生活了半世紀，從未來過這樣子的地方。整個餐廳就像是個空中的玻璃屋，空間設計風格時髦。

易師奶拉着易國雄悄聲說：「入口處這沙發多優雅，感覺可以賴在這好久好久。」她隨即幻想放在自己家裏哪處比較好。易師奶不是沒有吃過西餐，但來這種比較正式的西餐廳還是第一次。甫坐下，看着桌上的碟旁一排刀叉，感覺有點緊張。

偌大的餐廳裏只有一兩枱客人，瘟疫把人都關在家裏。遊客減少，這倒令易國雄撿了便宜，餐廳為促銷，這天晚上全單八折。易國雄不懂飲紅酒，易師奶只會飲米酒。侍應看他們專注地看主菜，打消了介紹酒類的念頭。「有套餐嗎？」易國雄問。侍應搖頭：「你們可以點一個湯，一個前菜，一個主菜，一個甜品。」一副皮笑肉不笑的嘴臉。

易國雄花了差不多半小時才選定菜色。侍應很快上來一碗湯，他們一邊聊天一邊喝，又過了半小時，看見遠處的顧客都在不斷上其他菜，惟有他們的菜並沒有接着上。易師奶實在等得不耐煩了，叫侍應來問話，問他們是不是歧視，為甚麼不給他們上菜？侍應告訴他們，

因為沒有喝完碗裏的湯，所以他們就還沒給上菜。易國雄靦覥地說：「原來是要將湯飲完了才上其他菜？」他們的第一口生牛扒是血腥的，第一口生蠔是微鹹的，第一口咖啡是極苦的，易國雄和妻子，愈吃愈難受。

「我想回家，很想回家。」易師奶吃了兩小時，肚子像吃空氣，一點也不充實。她想吃一大碗臘腸煲仔飯。「老公，如果要天天吃這些，不如不做上等人。」易國雄拍拍她的手，他終於明白，脫離基層，單靠錢不行，胃口最坦白，裝也裝不來。

在同一間餐廳的另一角落，有一雙男女在吃飯。「半年前，我發夢也沒想過，自己此生會有機會來這種地方。」何展燁感慨。他在過去兩個月，做了很多他完全想像不到的事。租辦公室，聘請員工，學車買車搬家開銀行戶口買電腦……一大堆準備工作，就如生命改寫了，幸運之神出現了。他強烈地感覺到，眼前這人就是他命中註定的幸運女神。何展燁半舉起雙臂：「單是這身西裝打扮，自覺變得多麼可笑。」

「這一餐是為了多謝你這段日子，一直幫我。不是你的話，我連卡片上應該寫甚麼也不懂。」小亦微笑：「恭喜你。現在，是一步步實踐你的計劃？」何展燁嘆氣：「我以前住劏房，覺得看不見將來，又或者應該反問，我可以怎樣規劃我的將來？」小亦記得，前陣子助選，拜訪過他的「府上」，房間很小，雜物擺滿地板。

「我從前住的地方，只能放一張床，廁所只有四個階磚般大小，住在裏面，地方狹隘，人不像人，只如螻蟻。我就像，從不存在的人。」

他語調出奇地淡然。也許，再大的忿恨，亦會被磨平。「我當時很憧憬為房間添置一部手提吸塵機，同事聽了便取笑我，『你的房間連地板都看不見，用不着吸塵』。的確，他們說得對，有吸塵機亦得物無所用。」

小亦第一次聽見，一個男人在這種正式約會的飯局，不停說自己如何不好如何不濟如何不堪。別的男人這時候都應該爭着認威；只有他把肚皮挖出來給人看。她忽然有點感動：這個人很真誠，也許，我可以告訴他吧？

她垂下臉，一邊用刀割開牛排，看着鮮血從牛肉的紋理中溢出。「我內心有一個想法，一直令我很糾結。」何展燁揚起眉頭：「是甚麼？」

她吞下半杯紅酒：「我在這半年，讀了很多書。一些，我從來不看的書。政治，令我想知道更多。」小亦曾經非常沉溺於對江子翊的迷戀。他是社工，大學時代已經時常在公共場合大聲宣揚自己的政治理念，被視作政治狂熱者。她為了走進他的世界，便開始讀社會學的書，政治的書。江子翊曾經引用德斯蒙德圖圖主教的經典明言：「如果你在不公正的情形下保持中立，那你其實已經選擇站在壓迫者的一邊。如果大象把它的腳壓在老鼠的尾巴上，而你說你是中立的，老鼠是不會欣賞你中立的立場。」作為醫護，她相信平等。因此，她特別想了解「中立」的定義。

她抬起眼睛，充滿閃爍的堅定：「『中立』總是和『持平』掛勾，就是盡力在平等程度上幫助或者阻撓相關的各方。然而中立地行動等

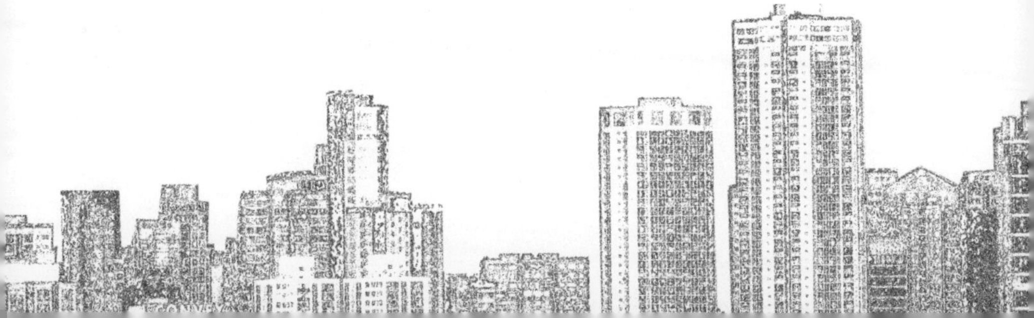

同於公正地行動，只有在衝突兩方勢均力敵的狀態中，才有可能。在一個強弱關係明顯的衝突中，明明已經預見了強凌弱的結果，卻依舊堅持一個中立的立場，此時的中立便是默許強者獲勝的結果，也就稱不上是公正。」正因如此，小亦開始時，很支持江子翊和他的朋友。即使，當自己亦被人認為是偏頗的、偏私的。在強弱關係明顯的衝突中，中立的立場便是默許強者獲勝的結果。然而，到了後來，雙方強弱關係不再是那麼明顯，不管是輿論戰略，還是支持人數。

在選舉時，她接觸更多不同的市民，她發現了第三種聲音：中立。很多街坊，跟她聊天，談及的內容，都是周全的、普遍的、公正的。她開始在想：這是一種無涉價值的立場，一種超然獨立於各種價值的立場。客觀，不受感性和私慾影響，這樣的立場，理應為眾人所盼望。

「中立，本身也可以是一種立場，對嗎？」小亦第一次鼓起勇氣，向其他人說出這種想法。

何展燁看着她，眨也不眨眼：「你變了。」她嫣然一笑：「是的。嗯，不可以嗎？」何展燁擺一擺頭：「地球在轉，世界在變，我們為何不可以變？」小亦吁一口氣：「謝謝。」

過了一會，小亦雙頰微紅，在酒精影響之下，她一口氣說：「你千萬不要變得像某些外國政府的抗疫政策那麼可笑——全世界都知道這些人都是穿着羊皮的狼，用各種謊言哄騙國民，置他們生死於不顧。綜觀所有國家，最苦都是人民，在瘟疫面前，都是一樣無奈。全國的人民，只能跟隨政府的政令，而政府的政令，又往往只是某一個首長的意願。」

何展熚點頭：「在強者與弱者之間，富人與窮人之間，主人與奴僕之間，自由往往反成為壓迫的理由。我呢……要學的事太多。議會內很多基本的事我都不能掌握，惟有慢慢學。距離你剛才口中那種人，還很遠。」

全世界的民眾，在此刻變得很安靜，他們躲在家，任由政府元首決定他們的命運。有的封國，有的放任，有的隱瞞，有的趁火打劫攻打生病的國家。一場瘟疫，高下立見。

第十五章

第十五章

在馬路邊的行人路上，有一個男生，接受着眾人羨慕的目光。

阿弈拿着一條十卷裝的高級名牌廁紙，昂首闊步，路人的目光都停駐在他手上，躍躍欲動，若非他步速快，已經一哄而上問他從哪裏買到。他從藥房倉庫拿了這千金難求的必需品，準備送到小亦家中。選舉之後這幾個月，他們見面漸漸少了，疫情嚴峻，亦中斷了補習；小亦更沒有私下約他見面。

縱然如此，他還是幻想，當他拿着比一百支玫瑰花更能感動她的十卷裝廁紙，送到她跟前，她一定感動得無以復加……或者，可能，甚至，會緊緊抱住他。

小亦最近搬了出來住，短租了一個唐樓的小單位，據悉是因為她被調往隔離病房工作，醫院為令員工起居安心，減低把病毒帶給家人的風險，於是給予資助，補貼他們在外住宿。小亦渴望已久的獨立天地，很諷刺地，居然因此而成全。

阿弈滿懷興奮的心情，來到小亦的家門前。當她開門看見是他，立時呆住。「你怎麼來了？」戴着口罩的小亦，眼裏一臉困惑。阿弈歡天喜地遞上廁紙：「特別送來給你，嗯，不過不用太感動。你不請我進去？」

「是誰？」一把男聲從屋內傳出來。這把聲音，有點耳熟……阿弈腦裏擦白，內心像被掏空。門被打開，他看見她的家裏有另一個人，是何展燁。小亦一臉靦覥，她在阿弈進了醫院後，知道阿弈喜歡自己。當時因為自己暗戀的人出了意外，她覺得情緒低落，想有人陪伴自己，才經常與他見面。

第十五章

小亦介紹：「你們認識的。我的補習學生，阿弈；我男朋友，何展熚。」阿弈的耳邊轟然一響。他們……是在選舉時才認識，怎麼兩個月光景，他們已經是戀人？

小亦跟阿弈說：「我們暫時不要見面了。」阿弈的耳邊轟然一響。他面色發青，雙唇瑟瑟抖着。小亦用輕得近乎聽不見的聲線：「保重。」

大門砰然關上，阿弈的雙手明明空空如也，此刻卻感到沉重無比，沉重得令他整個人跌坐在地上。隔着單薄的木門，傳來何展熚的聲音：「為甚麼不招呼他進來坐坐？怕在高危區域工作傳染他？」阿弈聽了，吁一口氣：小亦還是在關心我的。「不會。前輩都說，現在醫院的防護措施和十七年前不同，我們不會受感染的。況且……」小亦頓了一頓。何展燁哈哈大笑：「我難得放假，能探望女朋友，你自然不想給其他人佔去我們的甜蜜時間？」小亦的嗔笑聲，充實了她那間細小的蝸居。

阿弈這一刻真的要崩潰了，從甚麼時候開始，他在小亦心目中，變成了其他人？一幕幕畫面浮現：她曾經每個假日都帶來和煦清晨；她曾經如天使一般在醫院出現；她曾經和他手拖手牽出肥皂泡特區之路；她曾經和他出雙入對為區議會選舉拉票……這是甚麼？這都變成了甚麼？他的靈魂，早在商場那天，已經離開了肉體。他抱着頭在地上哭，到底要去哪裏，才能找回自己的靈魂？

他呻吟着撲倒地上，悲傷在腦子裏燃燒，熱血一陣陣衝上頭來。腦袋，像一個脹膨大了的氣球，隨時會爆炸。

第十五章

當兒子經歷人生第一場失戀，他的父親，亦面臨另一場浩劫。

「炒燶口罩？」易師奶在家裏尖叫。「我們之前不是賣口罩發大財？」口罩價格急升幾十倍，由以往一元一個，升至幾十元一個。易國雄搖頭：「口罩價格原來像股票一樣，可升可跌。」最近每間藥房，貨源充足，價格亦開始回落。「他們要戴口罩呀。」易師奶想不明白。易國雄把臉捂在手裏：「炒貨不外乎供應和需求。」市民已儲好一定數量口罩，囤貨量往往達兩個月以上。同時，未來即將出現至少八間口罩生產線，月產量逾百萬個；再者，不少民間團體亦開始供應口罩給弱勢社群，這一點很重要，因為，市面的恐慌感逐漸被正能量驅散。

易國雄千算萬算，沒想到「本土製造」。一點製成品也沒有的彈丸之地，竟然有本事馬上投產。要從外國訂生產機，口罩原材料，又要找到無塵工作間，還要請員工，口罩如果定價一個一元，成本、租金、營運可能會蝕錢，勞心勞力居然大有人「做」。

易國雄憂心忡忡：「最新一批口罩來貨很貴，連運輸成本，我們沒理由蝕本。但如果口罩售價下降，今次可能得不償失。」

夜半，他推了一把在床上熟睡的易師奶：「你嗅得到嗎？」易師奶反身背向他：「甚麼都沒有。」因為害怕被感染，全民躲在家避疫。漂白水的味道，酒精的味道，正從窗戶上，從房頂上，從一切有空隙的地方鑽進來。這一夜，他無論如何也睡不着，徑自走出露台，忽然想起那位老婆婆，在他身後咬牙切齒地說：「總有一天，會有人出來收拾你們這些吃人的野獸。」他很想跟老婆婆說：人，是有錢才會有善良。連最基本的生活所需都沒有，我們還能這麼單純、善良嗎？

八個月社會運動，緊接疫症，百業蕭條，剛剛訂了這批貨是付現金的，他再沒有現金流應付下一個月租金。而且，業主以為他發了國難財，一定會加租。他以為起死回生，又再一次跌進深淵。有期待就會有失望，這就是為甚麼，大部份人寧可隨波逐流。窮人與富人的差距真的是非常可怕；千萬不要嘗試第一口血腥，才不會吃肉。

他於是離開了家門，走上大街。回頭看，這私人屋苑的五幢高樓，真是貧富分隔的結界？他向着大路的深處走，向着陰森森的黑暗走，黑夜越深，初春凍雨，敲打樹子的聲音格外響亮，亂糟糟的緊密的，讓他感到心中添煩。空虛、黑暗，其實是一種強大力量，能把人擠成薄餅。他感到，馬路上的街燈，都是一些不懷好意的黑色巨人，站彎腰張着吃人的嘴，嘴角還掛着冷笑。

易國雄接到業主電話：「國雄，我暫時不賣鋪，因為移民到哪裏，都比肥皂泡特區危險。但我跟你說哦，我下個月要加租……」他的耳邊嗡嗡嗡嗡。忽然想到，自己買了人壽保險，若是在馬路上被車撞倒，夜雨冷濕，說不準車禍是怎麼發生。如此，易老婆仍然可以到名店，阿弈仍然可以混一段日子，讀書也好打工也好……

在交通燈泛着紅色的光暈，他一步步走出下雨中的大街。路面很滑，很遠很遠處有汽車的高燈，從遠至近，慢慢的慢慢的。易國雄閉上眼睛，正準備接受命運的送別禮，忽然，手中的電話響起。

偶然一回頭，看向直衝而來，毫無減速打算的汽車；又再一瞥電話來電時出現的全家福照片。燈火輝煌的車頭燈，撲進了他的眼，像是要吃他的野獸一樣。在電光石火之間，他轉身，連跑帶撲跳向路邊

的欄河。幸好，這馬路旁邊有完好的欄河，讓他緊緊地抱抓着，不放手。

他接聽電話，是老婆：「阿弈他，阿弈……」

掛着P牌的汽車急煞在他五十米的馬路旁，司機位上的何展燁不懂反應，動作遲緩地下車。

易國雄定睛，從渾沌中清醒，向何展燁大叫：「快，送我去醫院！」

尾聲

監察儀器發出沉悶而呆板的「咇咇」聲；醫生、護士穿起白袍、口罩、紙帽，行色匆匆；病床旁的易國雄和太太愁眉深鎖，眼眶通紅。

易國雄捂了捂流血的額頭，剛才他撲向路邊撞了一下頭。電話中的太太嗚咽，聽了很久才聽出是他兒子自殺。他沿着馬路往前走，剛一邁步便又跌了一跤，手按着地時感到地上的冰涼。他很小心爬起來，他從沒走過這樣艱難的路。

剛才在急症室，除了遇見小亦在值班，也遇上一張久違的臉，是那位曾經在自己駕夜更的士時，每晚訂車的客人。原來，她就是小亦的上司。她看見是他，上前安慰：「幸好你太太及時在房間發現他。」易師奶滿面淚水鼻涕，用手抓住小亦肩膀：「他真的沒事了？」小亦點點頭：「他吃了半樽安眠藥，洗胃之後，現在沒事了。」易國雄看着小亦的臉，覺得她和半年前在的士上見過的她，好像換了一個人。是少了稚氣？還是少了戾氣？他說不出來。

阿弈在病床上昏迷不醒……我真的死了？幽暗的小巷彷彿永無盡頭，沒有燈火。前面一位老婆婆，拍打手中另一位滿身燒得紅光的男孩身上，老婆婆說：我兒呀我兒，一張張紙錢撒到空中，飛揚而上。他看着紙錢轉又轉，轉又轉。他的眼球在眼皮下轉了一圈。

「他醒了！」被易國雄攙扶着的易師奶，撲向他身上。這時他的班主任古雁懌老師來到這間擠逼的四人房，她站着看這家人，維持着六尺距離。收到易師奶電話，剛剛隔離期滿的她，從隔離營前來。中學同學，是一輩子的朋友。她想起，阿弈在學校並沒有朋友。

病房有一個懸掛在牆角的大電視，正在播出特備節目。主持人嶧

峰，訪問衛生部部長郭繹敏，有關新冠肺炎疫情三個月內迅速蔓延亞洲、歐洲、中東及部份美國地區，受影響人數過百萬。主持人嶧峰的聲調，份外響亮，重新搶回病古雁懌的注意力：「儘管科學家也加速啟動研究，但病毒特性、疫情走向仍充滿變數。每一個國家應變動作、每一道決策關卡，影響的不只是群體生命、政經發展，更可能牽動全球局勢演變。」

郭繹敏回應：「對於所有生物來說，疾病和寄生都是無處不在。從某個生命體上成功搜得食物，對於宿主而言，就是一趟惡性感染或疾病。動物都以其他生物為食物來源，人類自然也不例外。人類社群在覓食問題上的各種招式，充斥在歷史之中。無論瘟疫需要，還是不需要中間帶原者，它們都能快速地直接由甲宿主傳給乙宿主。」

古雁憚老師看着熒光幕，喃喃自語：「恐慌，亦是一種瘟疫。當人類進入群眾恐慌狀態，會做出種種難以理解，滑稽得不可理喻，荒誕絕倫的行為。然後，快速地直接由甲宿主傳給乙宿主。」在旁邊的易國雄，聽了她的説話，若有所悟，一聲不響離開了醫院。

此刻，他和大部份人一樣恐慌，真正感到絕望。即使阿弈無恙，但潛藏的鬱結未解；即使一家團聚，夫妻腦海裏永遠有着兒子自殺的陰霾；即使疫症緩和，舖租、房貸、貸款和信用卡債足以令他一貧如洗。

早知不要賣口罩；不，早知不要賣水貨；不，早知不要做老闆；不，早知不要娶老婆；不，早知……説甚麼也是死路一條，誰都不能回到從前。

易國雄回到家中，想看看兒子的房間。室內雜物好像傾瀉而出。疑似早餐吃剩的榛子醬，護膚品的空瓶子，中學課本……在床上，在桌上，亂作一團。洗完的衣物，未洗的衣物，把床淹沒，看起來像一個密封的棺材：睡在裏頭，不見天日。雜物擺滿地板，深不見底，「汪洋」中間，特地放了兩冊課本，作為「踏腳石」。

他踏在這些如浮萍般的課本上，疲憊不堪的他企圖幫兒子收拾殘局。當他想彎身去撿起地上纏住自己小腿的衣袖，冷不防一失重心，人仰馬翻，四腳朝天一跤倒臥地板上！他的背上一陣劇痛，左邊心房冒出如泉湧的鮮血。他不會知道，自己壓着了兒子從電玩店買回來的網遊女神手辦模型，是虛擬的英雄，是幻想中的美好……

一條仿真度極高的尖硬鈦金屬長矛刺進了他的心臟。在兒子的夢想女神之手，父親隨波逐流，正是大錯特錯。鮮血如河流伸延，流向他的頸流向他的腦袋。他痛苦地悟着胸口，很想說卻說不出聲音：塵世間真的不再需要無言的一群，不再欣賞花幾十年親手築起這城的人？

他的眼皮很重，看見天花板很低，像蒼穹下骯髒了的雲。曾經，他亦有理想，希望飛上天上……

後記

一個即將虧本倒店的藥房老闆想致富翻身，最終卻又變為窮困。在讀者面前，易國雄打翻了一碗「人生雞湯」，事實就是「努力也不一定會成功」。無止境的期望差距，最終令所有人失控……

書中每一個人都有一個「翼」的同音字。易國雄、易師奶、阿弈、江子翊、小亦、古雁懌、郭繹敏、何展燡和嶧峰。他們有刻苦堅定，有桀驁不羈，有果斷無情、有能幹冷靜。每個人卻同時都有自己的問題與「缺陷」，或懦弱陰柔，或偏執矛盾，或善偽自私……這，就是人性。

身為人類，我們不會被一種綁得緊緊的關係所吸引，這種過度的需要會令人感到毛骨悚然。小亦對沒有她就活不下去的阿弈，不想跟他有任何瓜葛；相反若即若離的她，卻令阿弈死心塌地。在這個急遽前進的時代，變化得太快，如果我們只為了一個立場而爭，而不是擁抱整個體系，說等於把大家擠進一個渺小而孤立的島。真正能擴大的地方，不是外圍，而是內心。當我們保持心胸開放，看似別無所求，坦然接受，才真正擁有的最強大力量。

世界上只有一把聲音的時候，我們想要多一把聲音。

但如果只有兩把聲音的時候，為甚麼不能容許第三把聲音？